科《か》学《がく》探《たん》偵《てい》 謎《なぞ》野《の》真《しん》実《じつ》 シリーズ

科学探偵 VS.

幽霊船の海賊

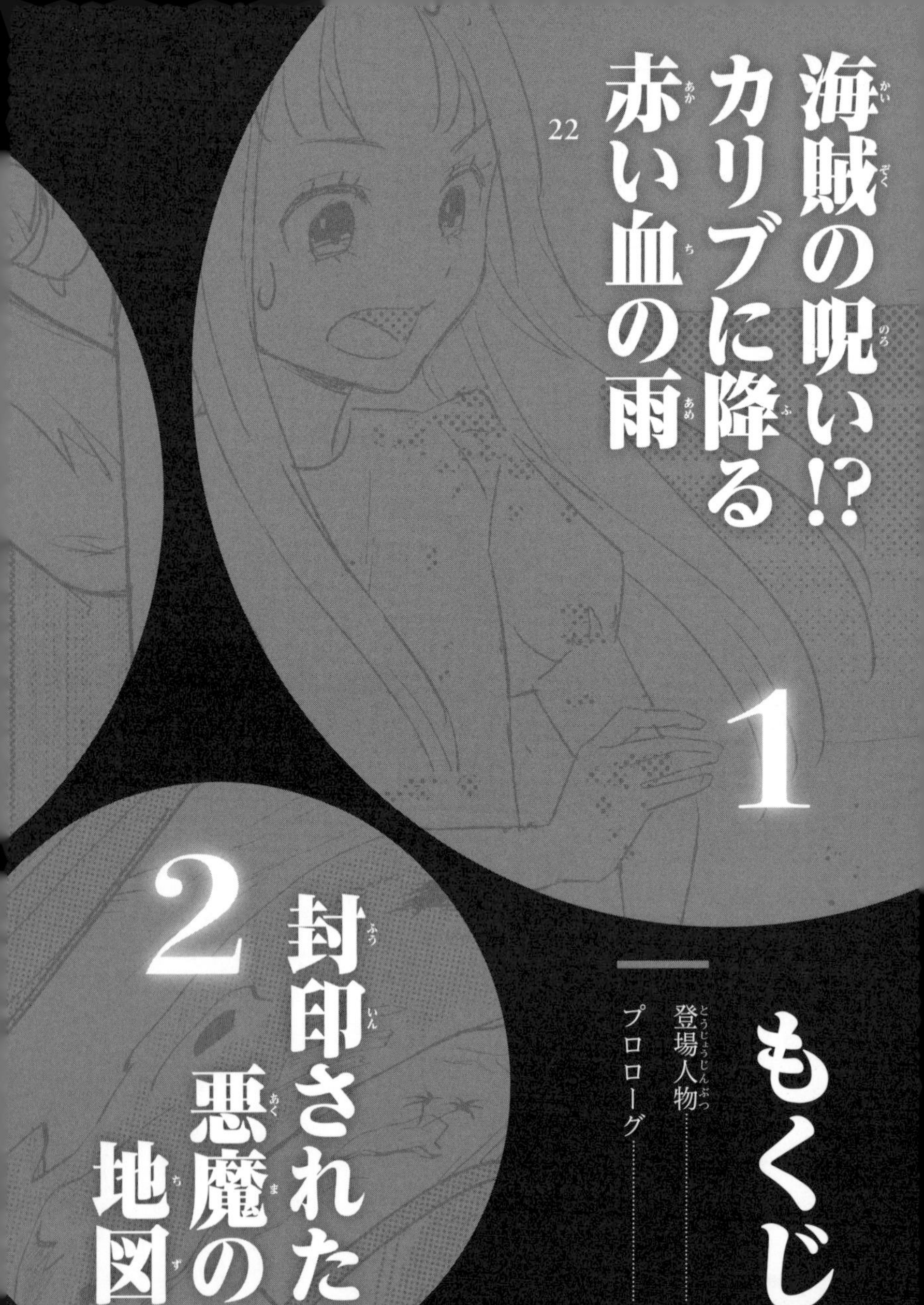

もくじ

この本《ほん》の楽《たの》しみ方《かた》

この本《ほん》のお話《はなし》は、事件編《じけんへん》と解決編《かいけつへん》に分《わ》かれています。登場人物《とうじょうじんぶつ》と一緒《いっしょ》にナゾ解《と》きをして、事件《じけん》の真相《しんそう》を見《み》つけてください。ヒントはすべて、文章《ぶんしょう》と絵《え》の中《なか》にあります。

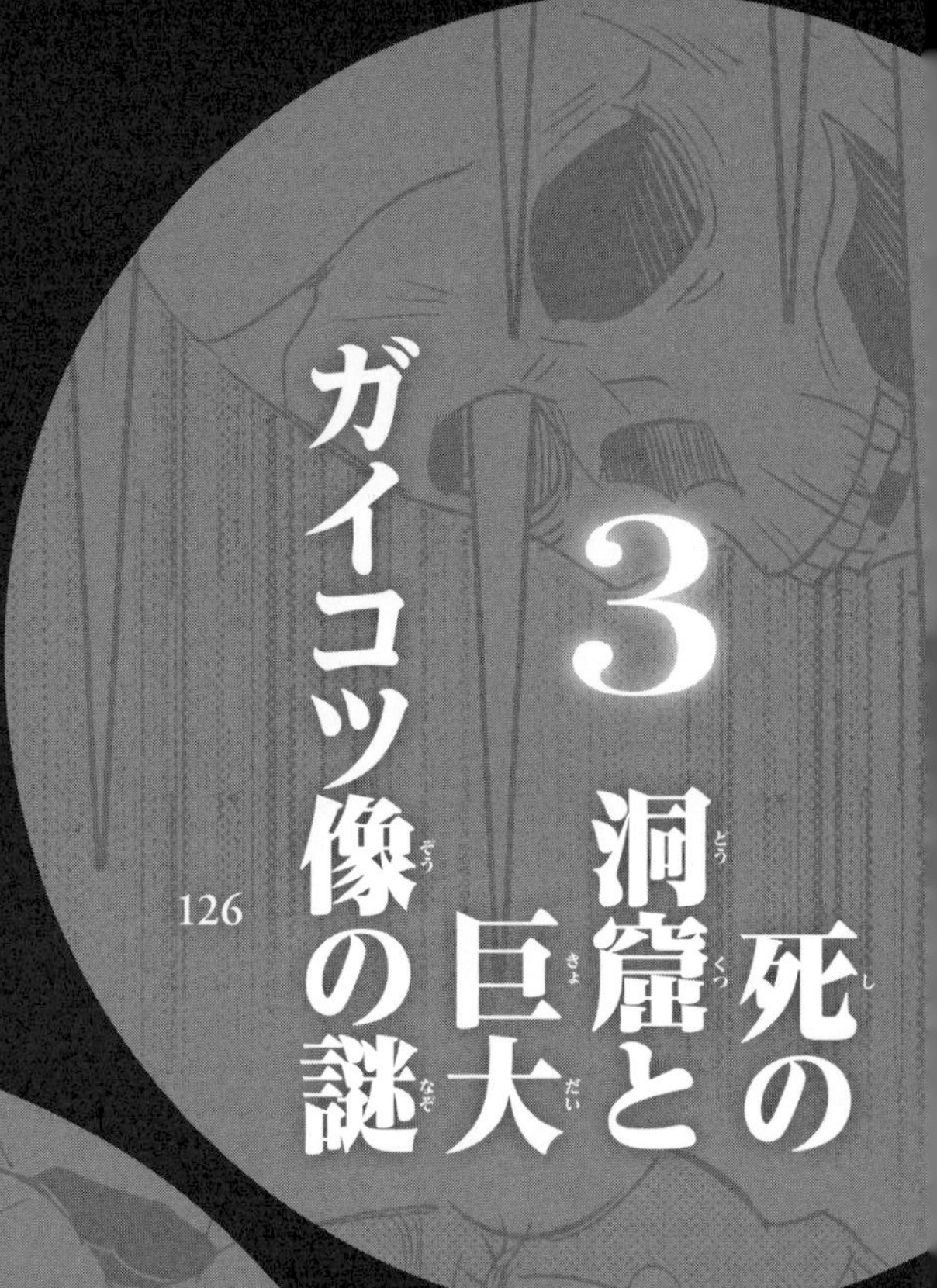

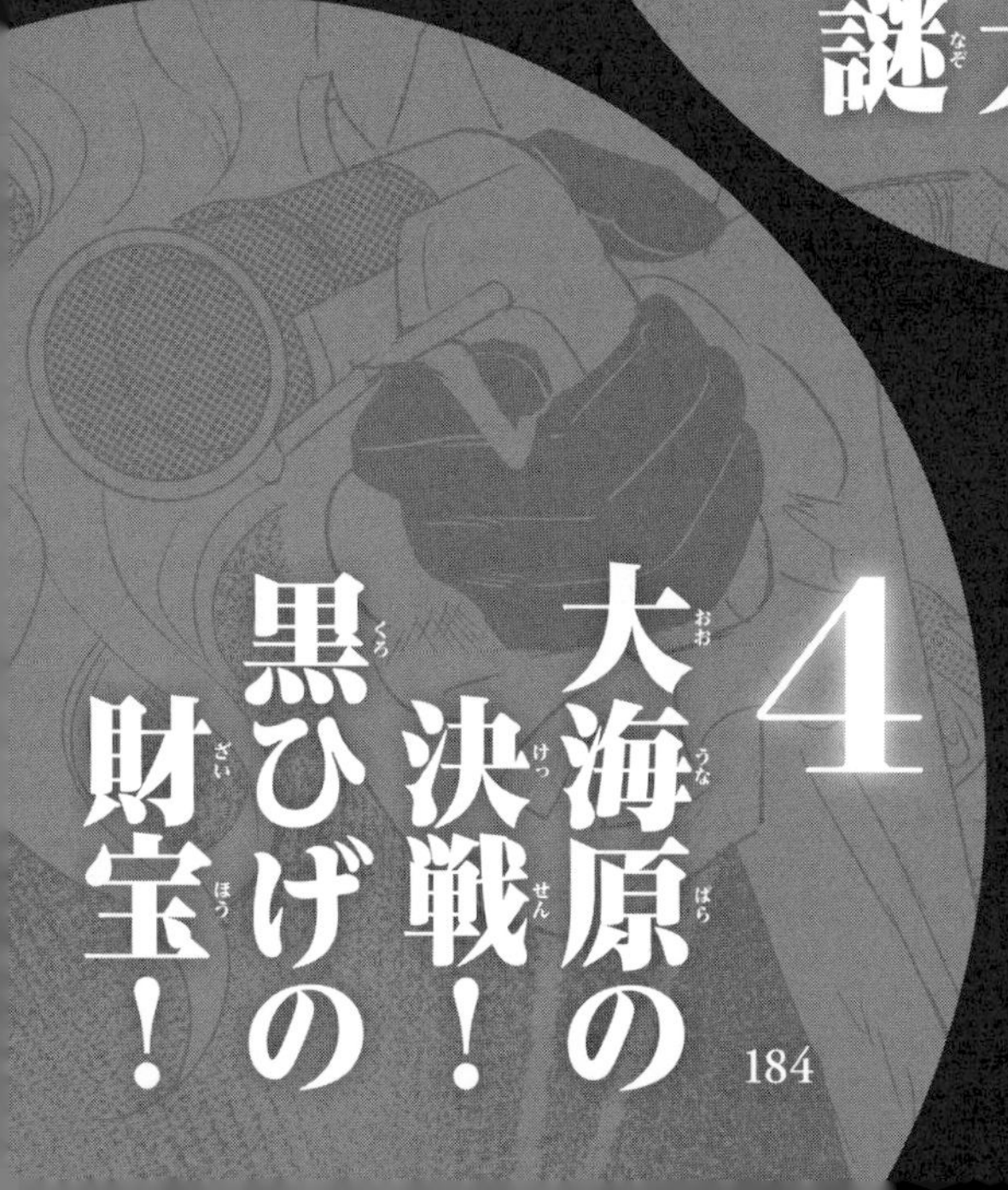

首《くび》なしの海賊《かいぞく》

幽霊船《ゆうれいせん》でバハマの海岸《かいがん》に現《あらわ》れた、首《くび》から上《うえ》がない海賊《かいぞく》。
大昔《おおむかし》の海賊《かいぞく》「エドワード・ティーチ」を名乗《なの》り、
バハマで恐《おそ》れられている。

青井美希《あおいみき》

ジャーナリスト志望《しぼう》で
花森小学校《はなもりしょうがっこう》6年生《ねんせい》の新聞部部長《しんぶんぶぶちょう》。
骨董品店《こっとうひんてん》で地図《ちず》のようなものを手《て》に入《い》れた
ことをきっかけにバハマに招待《しょうたい》される。

宮下健太《みやしたけんた》

美希《みき》と同《おな》じ小学校《しょうがっこう》の同級生《どうきゅうせい》。
超《ちょう》ビビリだが、不思議《ふしぎ》なことが大好《だいす》き。
成績《せいせき》もスポーツも中《ちゅう》ぐらいの〝ミスター平均点《へいきんてん》〟。

謎野真実《なぞのしんじつ》

エリート探偵養成学校《たんていようせいがっこう》からの転校生《てんこうせい》。
天才的《てんさいてき》な頭脳《ずのう》と幅広《はばひろ》い科学知識《かがくちしき》を持《も》ち、
「科学《かがく》で解《と》けないナゾはない」が信条《しんじょう》。
美希《みき》に誘《さそ》われてカリブ海《かい》・バハマを訪《おとず》れ、
首《くび》なしの海賊《かいぞく》や赤《あか》い血《ち》の雨《あめ》の
謎《なぞ》に挑《いど》む——。

登《とう》場《じょう》人《じん》物《ぶつ》

ヴァイオレット
美希《みき》たちをバハマへ呼《よ》んだトレジャーハンティング（宝探《たからさが》し）会社《がいしゃ》の経営者《けいえいしゃ》。現地《げんち》で降《ふ》る赤《あか》い雨《あめ》や幽霊船《ゆうれいせん》について調《しら》べている。

ハマッセン
ヴァイオレットの運転手《うんてんしゅ》。時代劇《じだいげき》で日本語《にほんご》を覚《おぼ》えたため、侍《さむらい》のような古《ふる》い言葉《ことば》を使《つか》う。外見《がいけん》がハマセンにそっくり。

サラ
海賊《かいぞく》に憧《あこが》れるハマッセンの娘《むすめ》。美希《みき》たちのバハマでの案内役《あんないやく》。

浜田典夫先生《はまだのりおせんせい》
6年生《ねんせい》の学年主任《がくねんしゅにん》であだ名《な》は「ハマセン」。見守《みまも》り役《やく》として、バハマへの旅《たび》に同行《どうこう》する。

夜《よる》。薄暗《うすぐら》い海《うみ》の上《うえ》を1隻《せき》の船《ふね》が進《すす》んでいた。

ここは、カリブ海《かい》・バハマ。船《ふね》は漁《りょう》を終《お》え、港《みなと》に帰《かえ》ろうとしていた。

甲板《かんぱん》では船員《せんいん》たちが海《うみ》を見《み》ながら休憩《きゅうけい》している。

そのとき、前方《ぜんぽう》から1隻《せき》の船《ふね》が近《ちか》づいてくるのが見《み》えた。

船員《せんいん》たちはその船《ふね》を見《み》ると、「あっ」と声《こえ》をもらす。

木《き》で造《つく》られたボロボロの船《ふね》だったのだ。

「あんな船《ふね》、見《み》たことがないぞ!?」

帆《ほ》はあちこち破《やぶ》け、旗《はた》が見《み》える。旗《はた》には、ガイコツがヤリでハートを突《つ》くマークが描《えが》かれていた。

「おい、あの旗《はた》は!」

バハマ
約《やく》700の島《しま》と2400もの岩礁《がんしょう》からなる、カリブ海《かい》の国《くに》。首都《しゅと》はニュープロビデンス島《とう》のナッソー。旧《きゅう》イギリス領《りょう》で、大型《おおがた》ホテルが立《た》ち並《なら》ぶ世界屈《せかいくっ》指《し》のリゾート地《ち》でもある。

船員《せんいん》たちが声《こえ》をあげた瞬間《しゅんかん》、木造《もくぞう》の船《ふね》の甲板《かんぱん》に数人《すうにん》の影《かげ》が現《あらわ》れた。

ボロボロの服《ふく》を着《き》て、頭《あたま》にバンダナなどを巻《ま》き、腰《こし》にはスカーフをつけている。

「海賊《かいぞく》だ！」

しかし、海賊《かいぞく》たちはみなガイコツだった。

「ガーッハッハッハ、この海《うみ》は俺様《おれさま》のものだ！」

大《おお》きな声《こえ》が響《ひび》き、ガイコツの海賊《かいぞく》たちの中央《ちゅうおう》にひとりの人物《じんぶつ》が立《た》った。

長《なが》いコートを着《き》て、手《て》には剣《けん》を持《も》ち、胸《むね》に6丁《ちょう》の銃《じゅう》をつり下《さ》げている男《おとこ》だ。

その体《からだ》は、首《くび》から上《うえ》がない。

首《くび》なしの海賊《かいぞく》は漁船《ぎょせん》の船員《せんいん》たちに叫《さけ》ぶ。

「我《わ》が名《な》は、エドワード・ティーチ。この海《うみ》の支配者《しはいしゃ》だ！」

「ティーチだって?」

「それってまさか、黒《くろ》ひげ!?」

その名《な》を聞《き》き、船員《せんいん》たちは震《ふる》えあがった。


「俺様《おれさま》の海《うみ》に船《ふね》を出《だ》すことは許《ゆる》さん。

おまえたちに『血《ち》の呪《のろ》い』をかけてやる!

海《うみ》に出《で》たことを後悔《こうかい》するがいい!

ガーッハッハッハ!」

船員《せんいん》たちが恐《おそ》れおののくなか、
首《くび》なし海賊《かいぞく》の笑《わら》い声《ごえ》が海《うみ》に響《ひび》き渡《わた》るのだった——。

エドワード・ティーチ
18世紀《せいき》にカリブ海《かい》や北米沿岸《ほくべいえんがん》などで活動《かつどう》したイギリス生《う》まれの海賊《かいぞく》。長《なが》いひげを生《は》やしていたため「黒《くろ》ひげ」と呼《よ》ばれた。1718年《ねん》にイギリス海《かい》軍《ぐん》との戦《たたか》いに敗《やぶ》れ、処刑《しょけい》された。

「さあ、お宝《たから》を探《さが》しましょ！」

花森町《はなもりちょう》の商店街《しょうてんがい》。

青井美希《あおいみき》は、謎野真実《なぞのしんじつ》と宮下健太《みやしたけんた》を連《つ》れて、商店街《しょうてんがい》にある骨董品店《こっとうひんてん》に来《き》ていた。

「美希《みき》ちゃんのお父《とう》さんって骨董《こっとう》が好《す》きだったの？」

「そうなの、健太《けんた》くん。それでわたしも最近興味《さいきんきょうみ》があって」

美希《みき》は自分《じぶん》も骨董品《こっとうひん》を買《か》いたいと思《おも》い、店《みせ》にやってきたのだ。

「骨董品店《こっとうひんてん》なんて初《はじ》めて来《き》たよ。真実《しんじつ》くん、すごく面白《おもしろ》いね」

健太《けんた》がそう言《い》うと、真実《しんじつ》はうなずく。

「そうだね。見《み》ているだけで楽《たの》しい気分《きぶん》になるね」

３人《にん》は棚《たな》に並《なら》べられた商品《しょうひん》を見《み》ていく。

「それで美希《みき》ちゃん、どんなものを買《か》うの？」

「う～ん、決《き》めてないけど、価値《かち》のありそうなお宝《たから》を見《み》つけたいかも」

「お宝《たから》っていっても骨董《こっとう》の知識《ちしき》はないでしょ？」

「ないけど、こういうのは運命《うんめい》の出会《であ》いがあるものよ。予算《よさん》は千円《せんえん》。健太《けんた》くんたちもこれぞというものを見《み》つけ出《だ》して」

「千円《せんえん》じゃ、お宝《たから》は見《み》つけられないと思《おも》うけどなあ」

健太《けんた》はそう言《い》いながら、商品《しょうひん》を見《み》ようと体《からだ》を動《うご》かした。

その瞬間《しゅんかん》、棚《たな》に肩《かた》が当《あ》たり、飾《かざ》ってあった深緑色《ふかみどりいろ》のガラス瓶《びん》が落《お》ちそうになる。

それを真実《しんじつ》がすばやくキャッチした。

「ありがとう、真実《しんじつ》くん」

「これは……」

真実《しんじつ》は手《て》にした瓶《びん》をじっと見《み》つめる。

「わあ、すごくきれい！」

美希《みき》はその瓶《びん》に興味《きょうみ》が湧《わ》いたようで、駆《か》け寄《よ》ってくる。

「店長《てんちょう》さん、これいくら？」

「それかい？　千円《せんえん》でいいよ。知《し》り合《あ》いが海《うみ》で釣《つ》りをしているとき、砂浜《すなはま》に落《お》ちていたのを拾《ひろ》ってきたんだよ」

瓶《びん》の表面《ひょうめん》には英語《えいご》の文字《もじ》が書《か》かれている。

「外国《がいこく》から流《なが》れてきたのかな？」

「なんかいいね。店長《てんちょう》さん、これちょうだい！」

美希《みき》は瓶《びん》を買《か》うことにした。

「価値《かち》はあんまりなさそうだけど、こういうのもいいよね」

美希《みき》はすっかり気《き》に入《い》ったようだ。

すると、真実《しんじつ》が口《くち》を開《ひら》いた。

「瓶《びん》の中《なか》に何《なに》かが入《はい》っているようだね」

よく見《み》ると、瓶《びん》の中《なか》に紙《かみ》のようなものが丸《まる》められて入《はい》っていた。

「なんだろう？」

美希《みき》はキャップを外《はず》してみる。そして、紙《かみ》を取《と》り出《だ》し広《ひろ》げてみた。

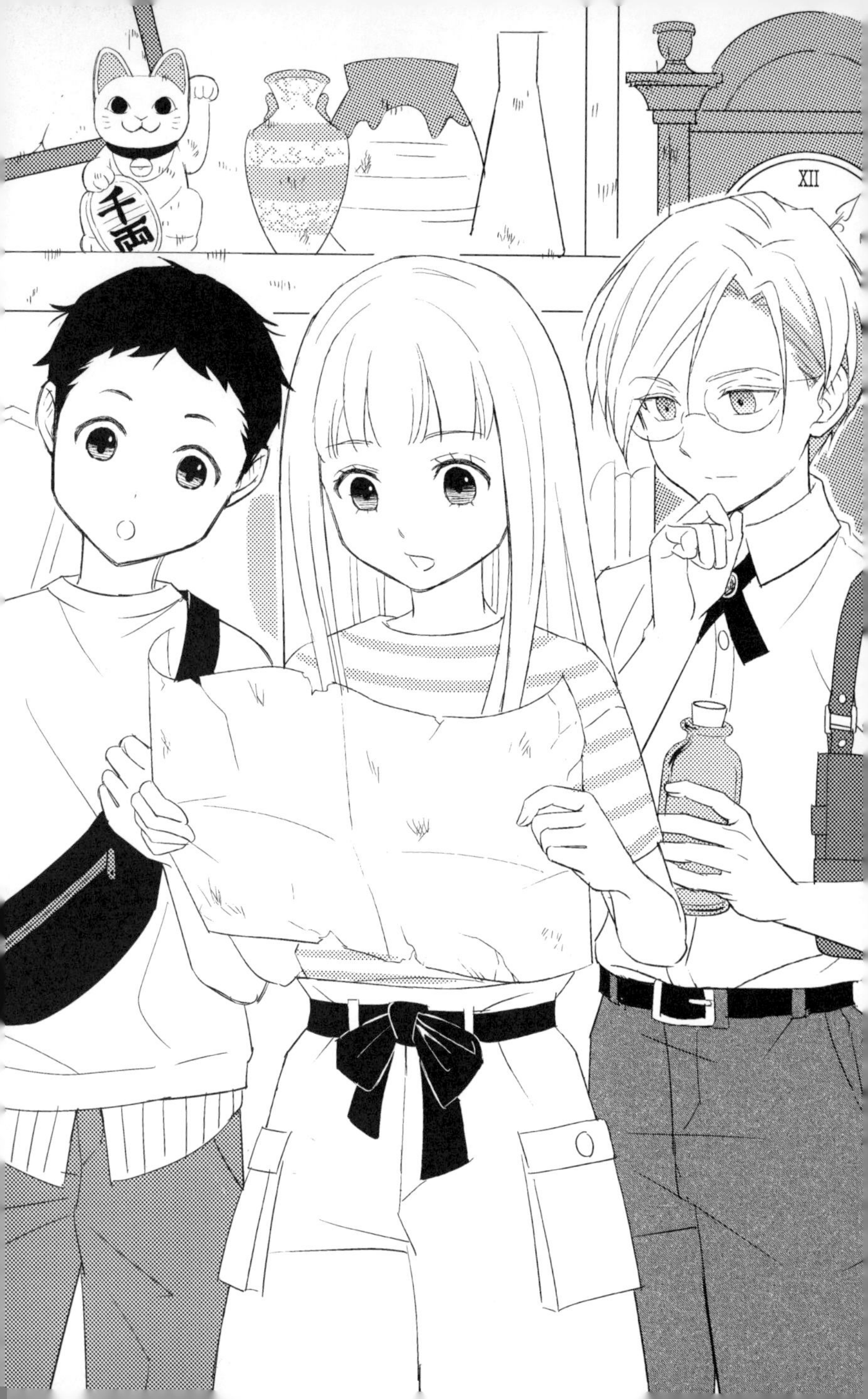
千両
XII

「えっ??」

ボロボロの紙《かみ》に奇妙《きみょう》にゆがんだ扇形《おうぎがた》の地図《ちず》のようなものが描《えが》かれている。

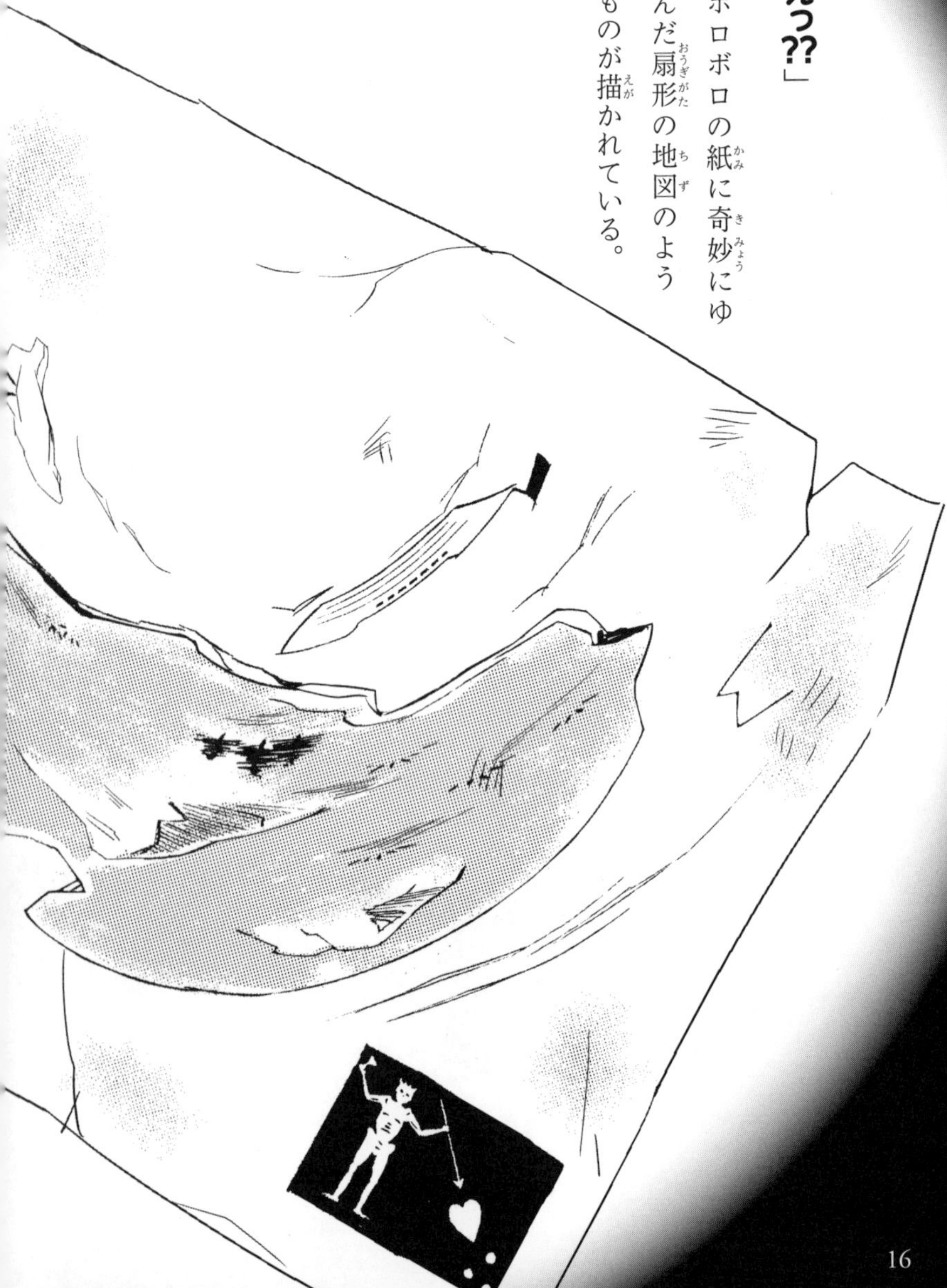

紙《かみ》の端《はし》には、「ガイコツがヤリでハートを突《つ》くマーク」があった。

「このマークは……」

真実《しんじつ》はそれをじっと見《み》つめるのだった。

「昨日《きのう》のあの紙《かみ》はなんだったんだろうね」

翌朝《よくあさ》。花森小学校《はなもりしょうがっこう》6年《ねん》2組《くみ》の教室《きょうしつ》では、健太《けんた》が瓶《びん》の中《なか》に入《はい》っていた紙《かみ》について、真実《しんじつ》と話《はなし》をしていた。

「あれは、もしかしたら海賊《かいぞく》と関係《かんけい》のあるものかもしれないね」

ふと、真実《しんじつ》が言《い》う。

「えっ、どうしてそんなことがわかるの？」

健太《けんた》がたずねると、真実《しんじつ》はノートに、ガイコツがヤリでハートを突《つ》くマークを描《えが》いた。

「ええっと、これってあの紙《かみ》にあったマークだよね？」

「このマークは、かつてカリブ海《かい》にいたエドワード・ティーチという海賊《かいぞく》が乗《の》っていた、海賊船《かいぞくせん》『アン女王《じょおう》の復讐号《ふくしゅうごう》』の海賊旗《かいぞくき》と言《い》われているんだよ」

アン女王《じょおう》の復讐号《ふくしゅうごう》
「黒《くろ》ひげ」が乗《の》っていた船《ふね》。1996年《ねん》に米《べい》ノースカロライナ州沖《しゅうおき》で沈没船《ちんぼつせん》が発見《はっけん》され、2011年《ねん》に同州《どうしゅう》がアン女王《じょおう》の復讐号《ふくしゅうごう》であると認定《にんてい》した。だが、船内《せんない》から金銀財宝《きんぎんざいほう》は見《み》つかっていないという。

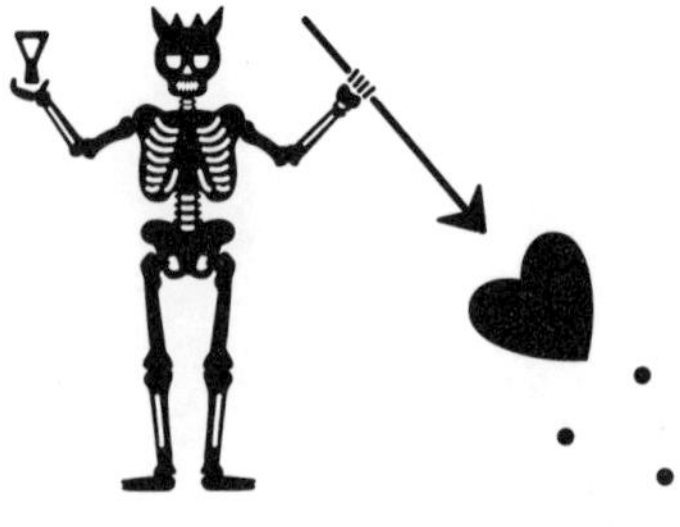

「え、そうなの??」

17世紀《せいき》後半《こうはん》から18世紀《せいき》前半《ぜんはん》にかけて、メキシコ湾《わん》の南《みなみ》、大西洋《たいせいよう》に隣接《りんせつ》するカリブ海《かい》では、金銀財宝《きんぎんざいほう》を求《もと》め、大勢《おおぜい》の海賊《かいぞく》たちが暴《あば》れ回《まわ》っていた。

その中《なか》でもっとも有名《ゆうめい》で莫大《ばくだい》な財宝《ざいほう》を手《て》に入《い》れた海賊《かいぞく》が、ティーチである。

「ティーチは凶暴《きょうぼう》な海賊《かいぞく》で、剣《けん》を持《も》ち、体《からだ》に6丁《ちょう》の銃《じゅう》を身《み》につけていて、三《み》つ編《あ》みにしたヒゲの先《さき》に火《ひ》のついた導火線《どうかせん》をくくりつけて煙《けむり》を出《だ》していたらしいんだ。人々《ひとびと》はその異様《いよう》な姿《すがた》を見《み》て、彼《かれ》のことを『黒《くろ》ひげ』と呼《よ》んで恐《おそ》れていたと言《い》われているよ」

「黒《くろ》ひげ。たしかにすごく怖《こわ》そう。だけどどうして黒《くろ》ひげの海賊旗《かいぞくき》のマークがあの紙《かみ》に描《えが》かれていたのかな?」

「さあ、それはわからないけど」

そのとき、隣《となり》のクラスの美希《みき》が教室《きょうしつ》に入《はい》ってきた。

「**大変《たいへん》!　外国《がいこく》の人《ひと》からメッセージがきたの!**」

「美希《みき》ちゃん、どういうこと?」

「わたし、昨日《きのう》あの瓶《びん》と紙《かみ》のことをＳＮＳ《エスエヌエス》に載《の》せたの。お宝《たから》を手《て》に入《い》れましたって。そうしたら、バハマに住《す》んでいる女《おんな》の人《ひと》から連絡《れんらく》があって」

「バハマ？」

健太《けんた》が首《くび》をかしげると、真実《しんじつ》が答《こた》えた。

「カリブ海《かい》にある国《くに》だね」

「えっ！」

驚《おどろ》く健太《けんた》に、美希《みき》は興奮《こうふん》ぎみに話《はな》す。

「その人《ひと》、ヴァイオレットさんっていって、あの紙《かみ》を実際《じっさい》に見《み》たいらしいの。彼女《かのじょ》、海《うみ》に沈《しず》んだ財宝《ざいほう》を探《さが》すトレジャーハンティングの会社《かいしゃ》を経営《けいえい》しているんだって！」

「そんな人《ひと》がどうしてあの紙《かみ》を？」

「健太《けんた》くん、まだわからない？　トレジャーハンターがあの紙《かみ》を見《み》たい理由《りゆう》はたったひとつ。――ヴァイオレットさん、あの紙《かみ》は『黒《くろ》ひげの財宝《ざいほう》』の手《て》がかりかもしれないって言《い》ってるの！」

「**えええ？　つまり宝《たから》の地図《ちず》ってこと？**」

それを聞《き》き、美希《みき》は大《おお》きくうなずいた。

「詳《くわ》しく調《しら》べたいから、バハマまで直接《ちょくせつ》紙《かみ》を持《も》ってきてもらいたいらしいの。友達《ともだち》も連《つ》れてきていいんだって。旅費《りょひ》は全部《ぜんぶ》ヴァイオレットさんが払《はら》ってくれるそうよ。真実《しんじつ》くん、健太《けんた》くん、一緒《いっしょ》に行《い》きましょ。もうすぐ夏休《なつやす》みでしょ！」

「外国《がいこく》に行《い》って、宝探《たからさが》しができるの？」

「それは面白《おもしろ》そうだね」

とまどう健太《けんた》の横《よこ》で、真実《しんじつ》はほほえむ。その話《はなし》に興味《きょうみ》を持《も》ったようだ。

「大《だい》スクープになるかも！」

新聞部《しんぶんぶ》の部長《ぶちょう》である美希《みき》は、うれしそうに笑《わら》う。

「なんだか、今年《ことし》の夏休《なつやす》みはすごいことになりそうだねえ」

健太《けんた》も初《はじ》めての海外旅行《かいがいりょこう》に不安《ふあん》を感《かん》じながらも、財宝《ざいほう》と聞《き》いてワクワクする。

３人《にん》は夏休《なつやす》みを利用《りよう》して、バハマに行《い》くことにしたのだった。

海《かい》賊《ぞく》の呪《のろ》い!?

カリブに降《ふ》る赤《あか》い血《ち》の雨《あめ》

飛行機《ひこうき》の窓《まど》の外《そと》に、キラキラ光《ひか》るコバルトブルーの海《うみ》が見《み》えてきた。

白《しろ》い砂浜《すなはま》に囲《かこ》まれた小《ちい》さな島《しま》がたくさん浮《う》かんでいる。


「きれ――い！ あれがバハマ諸島《しょとう》!?」


健太《けんた》と美希《みき》がそろって歓声《かんせい》をあげると、真実《しんじつ》は読《よ》みかけの探偵小説《たんていしょうせつ》から顔《かお》をあげた。

「バハマ諸島《しょとう》は約《やく》７００の島《しま》と２４００もの岩礁《がんしょう》からなる群島《ぐんとう》なんだ。今《いま》から向《む》かうのはその中《なか》のひとつ、ニュープロビデンス島《とう》。東京《とうきょう》の10分《ぶん》の１ほどの広《ひろ》さで、バハマの首都《しゅと》・ナッソーがある島《しま》だよ」

「おまえたちは気楽《きらく》でいいな。それに比《くら》べてオレの責任《せきにん》は重大《じゅうだい》だぞ！」

大《おお》きな声《こえ》をあげたのは6年生《ねんせい》の学年主任《がくねんしゅにん》、ハマセンこと浜田典夫先生《はまだのりおせんせい》だった。

子《こ》どもたちだけでバハマに行《い》くのは危険《きけん》だと校長《こうちょう》に熱弁《ねつべん》をふるい、旅《たび》の見守《みまも》り役《やく》を任《まか》されたのだ。

バハマのガイドブックを見《み》ながらハマセンが言《い》う。

「むうっ！ このバハマ名物《めいぶつ》のコンク貝《がい》も要《よう》チェックだぞ。おまえたちが食《しょく》あたりでも起《お》こしたら大変《たいへん》だからな。まずは先生《せんせい》が食《た》べて、問題《もんだい》がないか調《しら》べておかないと！」

ニヤニヤしながら赤《あか》ペンでチェックを入《い》れるハマセンを横目《よこめ》に、美希《みき》がつぶやく。

「自分《じぶん》が来《き》たかっただけじゃん……」

●

無事《ぶじ》、バハマの首都《しゅと》・ナッソーにある国際空港《こくさいくうこう》に到着《とうちゃく》した一同《いちどう》。

「到着《とうちゃく》ゲートに迎《むか》えに行《い》くって、ヴァイオレットさんから連絡《れんらく》あったんだけど……」

美希《みき》があたりを見回《みまわ》すと、陽気《ようき》な声《こえ》が響《ひび》いた。

「ウェルカム・トゥー・バハマ！　お迎《むか》えに参《まい》ったでござる！」

「ござる!?」

コンク貝《がい》
カリブ海《かい》に生息《せいそく》する巻《ま》き貝《がい》。フリッターやシチューの具《ぐ》材《ざい》として好《この》んで食《た》べられるほか、貝殻《かいがら》やコンクパールというピンク色《いろ》の真珠《しんじゅ》もバハマの特産品《とくさんひん》になっている。

健太《けんた》が振《ふ》り向《む》くと、派手《はで》なアロハシャツを着《き》た褐色《かっしょく》の肌《はだ》の中年男性《ちゅうねんだんせい》が立《た》っていた。

その顔《かお》を見《み》て健太《けんた》は思《おも》わず声《こえ》をあげた。

「うええええっ!?」

なんと、ハマセンと瓜二《うりふた》つだったのである。

「ハマセ……浜田先生《はまだせんせい》が2人《ふたり》!?」

「いや、あの、その……わたしは浜田《はまだ》と申《もう》しますが、あなたはどちらさまですか？」

ハマセンも動揺《どうよう》してシドロモドロになっている。

「お〜！　拙者《せっしゃ》の名前《なまえ》はハマッセン！　ヴァイオレット社長《しゃちょう》の運転手《うんてんしゅ》でござる。娘《むすめ》のサラと一緒《いっしょ》に、みなさんのガイドを仰《おお》せつかったでござるよ！」

その言葉《ことば》に続《つづ》いて、ハマッセンの背後《はいご》から、ピョン！と女《おんな》の子《こ》が飛《と》び出《だ》してきた。

三《み》つ編《あ》みをたばねた髪《かみ》が元気《げんき》に揺《ゆ》れて、大《おお》きな瞳《ひとみ》がキラリと輝《かがや》いた。

「みなの者《もの》、苦《くる》しゅうない！　ワタシの名《な》はサラでござる！」

みんながポカンとするなか、美希《みき》がなんとか言葉《ことば》を返《かえ》す。

「あはは……ハマッセンさんも、サラちゃんも日本語上手《にほんごじょうず》！　わたしたちはあんまり使《つか》わない言葉遣《ことばづか》いなんだけど……どこで習《なら》ったの？」

「ワタシの家族《かぞく》は日本《にほん》が大好《だいす》きで、毎日《まいにち》、時代劇《じだいげき》を見《み》ているうちに覚《おぼ》えたでござるよ！」

「時代劇《じだいげき》……どうりで……」

苦笑《にがわら》いする美希《みき》。その横《よこ》でハマセンが真《ま》っ青《さお》な顔《かお》をしていた。

「謎野《なぞの》! 自分《じぶん》とそっくりなペロペロゲンガーを見《み》たら、死《し》んじゃうんだよな!?」

「ドッペルゲンガーですよ、先生《せんせい》。それに、そんなのは作《つく》り話《ばなし》です」

「しかし、いくらなんでもそっくりすぎ……」

そこまで言《い》うとハマセンは体《からだ》の力《ちから》が抜《ぬ》けて倒《たお》れてしまった。

「先生《せんせい》、しっかり!」

真実《しんじつ》がハマセンを抱《だ》きかかえたそのとき……!


ドン!

赤《あか》いシャツを着《き》た男《おとこ》が健太《けんた》にぶつかり、逃《に》げるように走《はし》り去《さ》っていった。

ドッペルゲンガー
自分《じぶん》とそっくりな外見《がいけん》をした分身《ぶんしん》と出会《であ》うと、命《いのち》を落《お》とすといわれる都市伝説《としでんせつ》のひとつ。

「あっ！　カバンを取《と》られた!!　財布《さいふ》とパスポートが入《はい》ってるんだ！」

「泥棒《どろぼう》ね！　待《ま》てー!!」

すぐに美希《みき》が男《おとこ》を追《お》いかける。

サラもその後《あと》に続《つづ》いた。

「スピードなら日本《にほん》の忍者《にんじゃ》にだって負《ま》けないでござる！　曲者《くせもの》！　御用《ごよう》だ〜！」

右手《みぎて》を胸《むね》の前《まえ》につき出《だ》し、サササッと忍者《にんじゃ》のように駆《か》けぬけるサラ。

たちまち美希《みき》を追《お》いぬいた。

赤《あか》いシャツの男《おとこ》は、階段《かいだん》を駆《か》け下《お》り、下《した》のフロアへと逃《に》げていく。

「逃《に》がさないでござるっ！」

2階《かい》の手《て》すりを乗《の》り越《こ》えようとするサラ。だが、下《した》のフロアを見《み》て固《かた》まった。

「ひゃあっ。高《たか》いでござる……！」

「こっちからなら行《い》ける！」

美希《みき》は別《べっ》の場所《ばしょ》から手《て》すりを乗《の》り越《こ》えると、ためらうことなくジャンプした。

その先《さき》にあったのは……大《おお》きな丸《まる》い時計《とけい》がついた柱《はしら》。
美希《みき》は柱《はしら》につかまるとスルスルッと滑《すべ》り下《お》り、男《おとこ》の目《め》の前《まえ》に降《お》り立《た》った。

「この人《ひと》、ドロボーでーーす！」

美希《みき》の大声《おおごえ》に大勢《おおぜい》の人《ひと》たちが振《ふ》り向《む》き、男《おとこ》を囲《かこ》んだ。

「チッ！」

男《おとこ》は悔《くや》しそうに舌打《したう》ちすると、健太《けんた》のカバンを投《な》げ捨《す》て、逃《に》げ去《さ》っていった。
美希《みき》はカバンを手《て》に取《と》ると、手《て》すりで固《かた》まったままのサラを見上《みあ》げた。

「サラちゃん、大丈夫《だいじょうぶ》？　落《お》ちたら危《あぶ》ないよ」

美希《みき》の言葉《ことば》を聞《き》いたサラは口《くち》をとがらせて答《こた》えた。

「いつもは飛《と》べるでござる！　今日《きょう》は調子《ちょうし》が悪《わる》かっただけでござるからな！」

「先生《せんせい》は先《さき》にホテルに行《い》ってるが、ペロペロゲンガーが怖《こわ》いわけじゃないからな」

逃《に》げるようにタクシーに乗《の》り込《こ》むハマセンと別《わか》れ、真実《しんじつ》たちはハマッセンの運転《うんてん》する車《くるま》でバハマの首都《しゅと》・ナッソーの街《まち》を走《はし》っていた。

ピンクや水色《みずいろ》、クリームイエローなど、カラフルな色《いろ》の建物《たてもの》が並《なら》んでいる。

「うわ~！　かわいい！　絵本《えほん》の中《なか》みたい！」

美希《みき》が歓声《かんせい》をあげる。だが、健太《けんた》は首《くび》をかしげて言《い》った。

「閉《し》まってるお店《みせ》が多《おお》いね。それに歩《ある》いてる人《ひと》の数《かず》も少《すく》ないみたい」

「そうでござるか？　最近《さいきん》はいつもこんな具合《ぐあい》でござるよ。ねえ、父上《ちちうえ》」

「そうそう。気《き》にしすぎでござる！」

やがて、視界《しかい》がパッと開《ひら》けた。

海岸《かいがん》に出《で》たのだ。

白《しろ》い砂浜《すなはま》に、透《す》き通《とお》るような青《あお》い海《うみ》が広《ひろ》がっている。

「うわ~！　海《うみ》だ~！　車《くるま》をとめて~！」

「わたしも見《み》たーい！」

健太《けんた》と美希《みき》は、車《くるま》がとまるやいなや、砂浜《すなはま》へと飛《と》び出《だ》した。

砂浜《すなはま》に並《なら》んだデッキチェア。ボール遊《あそ》びをする人《ひと》たち。

2人《ふたり》はその間《あいだ》を走《はし》りぬけ、靴《くつ》と靴下《くつした》を脱《ぬ》いで波打《なみう》ち際《ぎわ》に駆《か》け込《こ》んだ。

「きゃ～！　冷《つめ》たくて気持《きも》ちいい！」

足元《あしもと》を見《み》ると、水《みず》は澄《す》んで、海《うみ》の中《なか》がはっきりと見《み》える。

小《ちい》さな青《あお》い魚《さかな》が、群《む》れを作《つく》って泳《およ》いでいた。

「カリブ海《かい》、最高《さいこう》――！」

健太《けんた》が叫《さけ》んだそのとき。サラはあるものに気《き》がついた。

空《そら》に、黒《くろ》い雨雲《あまぐも》が浮《う》かんでいたのだ。

砂浜《すなはま》からサラの声《こえ》が響《ひび》く。

「早《はや》く海《うみ》からあがって！　車《くるま》に戻《もど》ったほうがいいでござる！」

「どうして？　ただの雨雲《あまぐも》だよ」

健太《けんた》が答《こた》えた次《つぎ》の瞬間《しゅんかん》。

ザ――――!!

勢《いきお》いよく雨《あめ》が降《ふ》り始《はじ》めた。雨《あめ》はビーチにいる人々《ひとびと》に降《ふ》りそそいだ。

「キャ――ッ!」

「うわ――っ!」

やがて、砂浜《すなはま》のあちこちで人々《ひとびと》の悲鳴《ひめい》があがった。

「えっ!? どうしたの!?」

あわててまわりを見《み》た健太《けんた》も、美希《みき》のT《ティー》シャツを見《み》て思《おも》わず声《こえ》をあげた。

「うわあっ! 美希《みき》ちゃん! 血《ち》がついてる!?」

雨《あめ》にぬれたT《ティー》シャツには、無数《むすう》の赤《あか》いシミがにじんでいた。

車《くるま》の中《なか》にいた真実《しんじつ》も異変《いへん》に気《き》づいていた。

車《くるま》の窓《まど》についた雨粒《あまつぶ》が、赤《あか》い筋《すじ》を描《えが》いて流《なが》れていく。

「この雨《あめ》は一体《いったい》……?」

赤《あか》い雨《あめ》が降《ふ》り続《つづ》くなか、健太《けんた》と美希《みき》は車《くるま》に戻《もど》ってタオルで体《からだ》をふいた。

真実《しんじつ》がハマッセンに問《と》いかける。

「店《みせ》が閉《し》まり、人通《ひとどお》りの少《すく》ない街《まち》……もしかして、この赤《あか》い雨《あめ》が原因《げんいん》なんじゃないですか？」

ハマッセンはため息《いき》をついた。

「そのとおりでござる。最近《さいきん》、このあたりに赤《あか》い雨《あめ》が降《ふ》るようになって、ナッソーの人々《ひとびと》はおびえているでござる」

「何《なに》か原因《げんいん》でも？」

美希《みき》が聞《き》くと、サラが答《こた》えた。

「黒《くろ》ひげの呪《のろ》いでござる」

「サラ！　それは単《たん》なるウワサ話《ばなし》でござろう！」

「みんなが言《い》ってることでござる！　近《ちか》ごろ、ナッソーの沖《おき》に、幽霊船《ゆうれいせん》が出《で》るでござる。その船《ふね》には、首《くび》がない胴体《どうたい》だけの黒《くろ》ひげの亡霊《ぼうれい》が乗《の》っていて、こう叫《さけ》ぶそうでござる。『俺様《おれさま》の海《うみ》に船《ふね》を出《だ》すことは許《ゆる》さん。血《ち》の呪《のろ》いをかけてやる』って」

「首《くび》がない……!?」

健太《けんた》がその姿《すがた》を想像《そうぞう》し、ブルルッと身《み》を震《ふる》わせる。

「カリブ海《かい》を荒《あ》らしまわった黒《くろ》ひげは、イギリス海軍《かいぐん》に討伐《とうばつ》されて首《くび》を切《き》られたでござる。だから今《いま》でも、自分《じぶん》の首《くび》を捜《さが》してさまよっていると言《い》われているでござるよ」

真実《しんじつ》が眼鏡《めがね》の奥《おく》で目《め》を細《ほそ》める。

「そして『血《ち》の呪《のろ》い』としか思《おも》えない、赤《あか》い雨《あめ》が降《ふ》り始《はじ》めたというわけか……」

「待《ま》って！　わたしたちが見《み》つけた地図《ちず》にも黒《くろ》ひげのマークが入《はい》ってたよね」

そう言《い》うと美希《みき》は、日本《にほん》から持《も》ってきた地図《ちず》をカバンから取《と》り出《だ》した。

「おおっ、その地図《ちず》は……！」

ハマッセンがハッと息《いき》をのむ。

「この地図《ちず》がどうかした？」

「ああ、いや、なんでもないでござる」

ハマッセンがあわてて手《て》を振《ふ》ると、美希《みき》は地図《ちず》に描《えが》かれたガイコツの印《しるし》を指《ゆび》さした。

「真実《しんじつ》くん。これって黒《くろ》ひげを示《しめ》す印《しるし》なんだよね？　黒《くろ》ひげの亡霊《ぼうれい》は『俺様《おれさま》の海《うみ》に船《ふね》を出《だ》すことは許《ゆる》さん』って言《い》ったたって。もしかして、この地図《ちず》とも関係《かんけい》があるのかな？」

真実《しんじつ》は美希《みき》の言葉《ことば》にうなずいた。

「ヴァイオレットさんのところへ急《いそ》ごう。トレジャーハンターの彼女《かのじょ》なら、きっと何《なに》か知《し》っているはずだ」

●

ナッソーの中心街《ちゅうしんがい》にある大《おお》きな建物《たてもの》、それがヴァイオレットの会社《かいしゃ》だった。

最上階《さいじょうかい》へとあがり、ドアをノックするハマッセン。

健太《けんた》が美希《みき》にそっと耳打《みみう》ちする。

「ぼく、英語話《えいごはな》せないけど、大丈夫《だいじょうぶ》かな?」

「大丈夫《だいじょうぶ》よ。こういう便利《べんり》なものがあるから」

そう言《い》って美希《みき》はタブレットを取《と》り出《だ》した。

部屋《へや》の中《なか》から「Come in《カムイン》」と、女性《じょせい》の声《こえ》がすると、タブレットの画面《がめん》に『お入《はい》りください』という日本語《にほんご》が表示《ひょうじ》された。

「翻訳《ほんやく》アプリよ。便利《べんり》でしょ」

「すごい！　これならぼくでもわかるね！」

ガチャリ。

ハマッセンがドアを開《あ》けると、1人《ひとり》の女性《じょせい》が剣《けん》の練習《れんしゅう》をしていた。

ロングブーツに、ギュッとウエストをしめた革《かわ》のコルセット。

カウボーイハットの下《した》から、美《うつく》しく揺《ゆ》れる金髪《きんぱつ》がのぞいている。

「あちらがヴァイオレット社長《しゃちょう》でござる」

ハマッセンが言《い》うと、ヴァイオレットはクルリと剣《けん》を回《まわ》して腰《こし》の鞘《さや》におさめた。

「ハマッセン、サラ、おまえたちはそこで待《ま》て」

凛《りん》とした声《こえ》だった。ハマッセンは真実《しんじつ》たちを部屋《へや》に入《い》れるとドアを閉《し》めた。

「失礼《しつれい》。わたしの仕事《しごと》はつねに危険《きけん》と隣《とな》りあわせでね。剣《けん》の稽古《けいこ》が欠《か》かせないんだ。美希《みき》、健太《けんた》、真実《しんじつ》。よく来《き》てくれた」

そう言《い》ってヴァイオレットはほほえんだ。

真実《しんじつ》は会釈《えしゃく》すると、きれいな英語《えいご》で話《はな》しかけた。

「ヴァイオレットさん、聞《き》きたいことがあるんです。黒《くろ》ひげの幽霊船《ゆうれいせん》、そして最近《さいきん》降《ふ》り始《はじ》め

た赤《あか》い雨《あめ》について、何《なに》か知《し》っていることはありますか？」
ヴァイオレットの顔《かお》からほほえみが消《き》え、真顔《まがお》になった。
「わたしが黒《くろ》ひげの財宝《ざいほう》の調査《ちょうさ》を始《はじ》めたころから、幽霊船《ゆうれいせん》が姿《すがた》を現《あらわ》すようになった。そして赤《あか》い雨《あめ》まで降《ふ》り始《はじ》めた。これはきっと、黒《くろ》ひげの宝《たから》を探《さが》す者《もの》……つまり、わたしへの警告《けいこく》だよ。これ以上《いじょう》、宝《たから》に近《ちか》づくなっていうね」

その言葉《ことば》に、真実《しんじつ》は静《しず》かにうなずいた。

「それであなたはどう思《おも》いますか？　この警告《けいこく》は黒《くろ》ひげの呪《のろ》い？　それとも、誰《だれ》かがあなたを妨害《ぼうがい》しようとしている？」

ヴァイオレットは「フフフ」と笑《わら》った。

「トレジャーハンターの鉄則《てっそく》をご存《ぞん》じかな？『誰《だれ》も信用《しんよう》するな』……つまり、まわりの人間《にんげん》はすべて敵《てき》ってことだ。当然《とうぜん》、誰《だれ》かの妨害《ぼうがい》だろうって考《かんが》えた。だから、赤《あか》い雨《あめ》が降《ふ》ったあと、すぐに雨《あめ》の成分《せいぶん》を調《しら》べたよ」

部屋《へや》の真《ま》ん中《なか》に置《お》かれた机《つくえ》には、薬品《やくひん》などが入《はい》った試験管《しけんかん》が並《なら》んでいた。

ヴァイオレットはその中《なか》のひとつを取《と》り、真実《しんじつ》に渡《わた》した。

試験管《しけんかん》の中《なか》には赤《あか》い土《つち》のようなものが入《はい》っている。

「これは赤土《あかつち》……ラテライト？」

「そのとおり。赤《あか》い雨《あめ》に含《ふく》まれていたのは、隣《となり》の国《くに》、キューバで多《おお》く採《と》れるラテライトという赤土《あかつち》だった。おそらく風《かぜ》に乗《の》ってバハマまで飛《と》ばされ、雲《くも》にまざり、赤《あか》い雨《あめ》となって降《ふ》ったんだろう」

真実《しんじつ》は口《くち》もとに手《て》をやり考《かんが》えると、試験管《しけんかん》を机《つくえ》に戻《もど》した。

ヴァイオレットは赤《あか》い雨《あめ》が降《ふ》る窓《まど》の外《そと》に目《め》をやり、言葉《ことば》を続《つづ》ける。

「こんなことが人《ひと》の力《ちから》でできると思《おも》うか？　もしかしたら幽霊船《ゆうれいせん》と赤《あか》い雨《あめ》は、本当《ほんとう》に黒《くろ》ひげの呪《のろ》いなのかもしれない。だから決《き》めたんだ」

「決《き》めた？　一体《いったい》なにを？」

美希《みき》が首《くび》をかしげて言《い》った。

「きみたちが持《も》ってきた地図《ちず》が本物《ほんもの》だったら黒《くろ》ひげの宝探《たからさが》しを続《つづ》ける。ニセモノだったら、わたしはこの件《けん》からきっぱり手《て》を引《ひ》く」

美希《みき》に向《む》かってヴァイオレットは手《て》を差《さ》し出《だ》した。

「さあ、地図《ちず》を見《み》せて」

ヴァイオレットは受《う》け取《と》った地図《ちず》を机《つくえ》に広《ひろ》げた。その目《め》は真剣《しんけん》そのものだった。

「これは黒《くろ》ひげの旗《はた》の印《しるし》に間違《まちが》いない。そして問題《もんだい》はこの島《しま》……」

何冊《なんさつ》もの古《ふる》い文献《ぶんけん》をめくり、何度《なんど》も照《て》らし合《あ》わせた。

やがて……ヴァイオレットはゆっくりと文献《ぶんけん》を閉《と》じた。

「何《なに》かわかった!?」

我慢《がまん》できずに健太《けんた》が聞《き》くと、ヴァイオレットはため息《いき》をついた。

「こんな形《かたち》の島《しま》は今《いま》も昔《むかし》もこのカリブ海《かい》には存在《そんざい》しない。残念《ざんねん》だけどこの地図《ちず》はニセモノだ」

「そんな……」

息《いき》をのむ健太《けんた》。美希《みき》も言葉《ことば》を失《うしな》った。

「黒《くろ》ひげの宝探《たからさが》しはここまでだ。わざわざバハマまで来《き》てもらったのに悪《わる》かったな」

そう言《い》ってヴァイオレットは美希《みき》の手《て》に地図《ちず》を戻《もど》した。

美希《みき》は地図《ちず》を見《み》つめていたが、やがて顔《かお》をあげて言《い》った。

「最後《さいご》に聞《き》かせてください！　黒《くろ》ひげの宝《たから》は今《いま》もどこかにあると思《おも》いますか？」

ヴァイオレットは翻訳《ほんやく》アプリの画面《がめん》を見《み》ると、かすかに笑《わら》ってうなずいた。

「1996年《ねん》、黒《くろ》ひげの海賊船《かいぞくせん》『アン女王《じょおう》の復讐号《ふくしゅうごう》』が海底《かいてい》から発見《はっけん》された。だが、その船《ふね》に財宝《ざいほう》は積《つ》まれていなかったんだ。そしてもうひとつ。敵《てき》に宝《たから》の隠《かく》し場所《ばしょ》を聞《き》かれた黒《くろ》ひげは、こう答《こた》えたと伝《つた》えられている。『それを知《し》っているのは俺様《おれさま》と悪魔《あくま》だけさ』と」

「俺様《おれさま》と悪魔《あくま》だけ……」

不気味《ぶきみ》な言葉《ことば》に、健太《けんた》が思《おも》わず声《こえ》をあげる。

「その言葉《ことば》が本当《ほんとう》なら、黒《くろ》ひげはどこかに宝《たから》を隠《かく》しているはずだ」

●

部屋《へや》から出《で》てきた真実《しんじつ》たちにハマッセンが駆《か》け寄《よ》る。

「あの地図《ちず》はどうだったでござるか？」

「残念《ざんねん》だけどニセモノだって。せっかく日本《にほん》から持《も》ってきたのに」

健太《けんた》の言葉《ことば》にハマッセンはショックを受《う》けた様子《ようす》だった。

「そうでござるか……」

「どうかしたんですか？　さっきからこの地図《ちず》が気《き》になってるみたいだけど」

美希《みき》が声《こえ》をかけると、ハマッセンはゆっくりと顔《かお》をあげた。

「実《じつ》は……この地図《ちず》は、亡《な》くなった拙者《せっしゃ》の妻《つま》が、大切《たいせつ》にしていたものなんでござる」

意外《いがい》な言葉《ことば》に、健太《けんた》が驚《おどろ》きの声《こえ》をあげる。

「ええっ!?　一体《いったい》どういうこと!?」

「父上《ちちうえ》！　ワタシも初耳《はつみみ》だよ！　どういうことでござるか!?」

ハマッセンは、ゆっくりと言葉《ことば》を続《つづ》けた。

「3年前《ねんまえ》のある日《ひ》……妻《つま》が青《あお》ざめて帰《かえ》ってきて、ご先祖様《せんぞさま》から受《う》け継《つ》いだ地図《ちず》を海《うみ》に捨《す》てたと言《い》ったでござる」

「海《うみ》に捨《す》てた？　一体《いったい》なにがあったのかな」

美希《みき》がつぶやくと、ハマッセンは首《くび》を横《よこ》に振《ふ》った。

「わからんでござる。もともと病弱《びょうじゃく》で入退《にゅうたい》院《いん》をくり返《かえ》していた妻《つま》は、『地図《ちず》が黒《くろ》ひげの

亡霊《ぼうれい》の手《て》に渡《わた》らないように』、そう何度《なんど》もつぶやきながら亡《な》くなったでござる」

「黒《くろ》ひげの亡霊《ぼうれい》？　やっぱり何《なに》かあったでござるよ！　父上《ちちうえ》、どうしてもっと早《はや》く教《おし》えてくれなかったでござるか!?」

サラは涙《なみだ》を浮《う》かべてハマッセンに詰《つ》め寄《よ》った。

「おぬしに言《い》えば、『地図《ちず》を探《さが》して、宝《たから》を見《み》つけに行《い》く！』そう言《い》ったでござろう！　母上《ははうえ》は……ママはそれをいちばん心配《しんぱい》していたのでござる！」

「でも……」

「地図《ちず》はニセモノだった。残念《ざんねん》だけど、これでよかったのかもしれないでござるな」

しばし沈黙《ちんもく》の時《とき》が流《なが》れた。

その沈黙《ちんもく》を破《やぶ》ったのはサラだった。

「みなの者《もの》、おもてをあげ――い！」

「え!?　サラちゃん!?」

健太《けんた》が目《め》をパチクリさせると、サラは涙《なみだ》をぬぐって笑《わら》った。

「しんみりするのは苦手《にがて》でござる！　みんなにはバハマで楽《たの》しい思《おも》い出《で》を作《つく》ってほしいでご

ざる！　今《いま》からワタシの大好《だいす》きな場所《ばしょ》に案内《あんない》するでござるよ！」

●

ハマッセンの車《くるま》で案内《あんない》されたのは、海岸《かいがん》の近《ちか》くに立《た》つ、鮮《あざ》やかな赤紫色《あかむらさきいろ》の建物《たてもの》だった。

壁《かべ》のあちこちに、不気味《ぶきみ》なガイコツが描《えが》かれている。

「ここは『パイレーツ・オブ・ナッソー博物館《はくぶつかん》』、つまり、海賊博物館《かいぞくはくぶつかん》でござるよ！　父上《ちちうえ》、行《い》ってくるでござる！」

入《い》り口《ぐち》に向《む》かうサラに、美希《みき》がほっぺたをふくらませて言《い》う。

「せっかくのバハマ観光《かんこう》なんだから、海《うみ》のほうがよかったな〜」

「見《み》る前《まえ》から文句《もんく》を言《い》わない！　さあさあ、中《なか》に入《はい》るでござるよ」

そう言《い》って入《い》り口《ぐち》のドアを開《ひら》くと、美希《みき》は「あっ！」と息《いき》をのんだ。

「何《なに》これ!?　すご〜い！」

館内《かんない》には、古《ふる》い街並《まちな》みと、海賊船《かいぞくせん》が停泊《ていはく》する港《みなと》が広《ひろ》がっていたのだ。

夜《よる》の港《みなと》にとまる海賊船《かいぞくせん》から、酔《よ》っ払《ぱら》い、陽気《ようき》に歌《うた》う海賊《かいぞく》たちの歌声《うたごえ》が響《ひび》いている。

サラが得意《とくい》げに説明《せつめい》する。

「これは、１７００年《ねん》ごろの島《しま》の様子《ようす》を再現《さいげん》したものでござる。ここ、ニュープロビデンス島《とう》は海賊《かいぞく》たちの基地《きち》として栄《さか》えて、黒《くろ》ひげや、多《おお》くの海賊《かいぞく》たちが海賊船《かいぞくせん》で出入《でい》りしていたんでござるよ」

「すごいや！ ３００年《ねん》も前《まえ》に、本当《ほんとう》にこの島《しま》で海賊《かいぞく》たちが暮《く》らしてたんだね！」

健太《けんた》も驚《おどろ》きの声《こえ》をあげた。

それまで話《はなし》を聞《き》いていた真実《しんじつ》が、ふいにサラにたずねる。

「ひとつ気《き》になっていたことがあるんだ。どうしてサラさんのお母《かあ》さんは、黒《くろ》ひげの印《しるし》が入《はい》った地図《ちず》を持《も》っていたんだい？」

「実《じつ》は……母上《ははうえ》のご先祖様《せんぞさま》は海賊《かいぞく》だったんでござる」

「えっ!? ご先祖様《せんぞさま》が海賊《かいぞく》!?」

突然《とつぜん》の告白《こくはく》に美希《みき》が声《こえ》をあげる。

サラは、壁《かべ》に並《なら》んで展示《てんじ》された２枚《まい》の肖像画《しょうぞうが》の前《まえ》で足《あし》を止《と》めた。

長《なが》い髪《かみ》を風《かぜ》になびかせ、右手《みぎて》に銃《じゅう》をかまえた女性《じょせい》。

もう1枚《まい》に描《えが》かれた女性《じょせい》は、右手《みぎて》に剣《けん》を持《も》っている。

「銃《じゅう》をかまえている人《ひと》がワタシの遠《とお》い遠《とお》いご先祖様《せんぞさま》のアン・ボニー。そして剣《けん》を持《も》っているのが、アンの一番《いちばん》の親友《しんゆう》だった、メアリ・リードでござる」

「聞《き》いたことある！　2人《ふたり》とも黒《くろ》ひげと同《おな》じ時代《じだい》に活躍《かつやく》した、伝説《でんせつ》の女海賊《おんなかいぞく》でしょ!?」

美希《みき》の言葉《ことば》に、サラは「いかにも！」と胸《むね》をはった。

「2人《ふたり》とも同《おな》じ海賊船《かいぞくせん》に乗《の》って、カリブ海《かい》を駆《か》け巡《めぐ》ったでござる。敵《てき》が船《ふね》に乗《の》り込《こ》んできて、男《おとこ》たちが船倉《せんそう》に逃《に》げこんだときも、アンとメアリは甲板《かんぱん》に残《のこ》って最後《さいご》まで戦《たたか》ったと言《い》われてるでござる」

「へ～！　かっこいい～!!」

声《こえ》をあげる美希《みき》の横《よこ》で、健太《けんた》は首《くび》をひねった。

「ちょっと待《ま》って。サラちゃんのお母《かあ》さんはアン・ボニーの子孫《しそん》なんだよね？　なのにどうして黒《くろ》ひげの印《しるし》のついた地図《ちず》を受《う》け継《つ》いでいたんだろう？」

「それはわからないでござる。母上《ははうえ》……ママは、ワタシには海賊《かいぞく》に関《かか》わることは一切《いっさい》教《おし》えてくれなかったでござる。何《なに》しろ、海賊《かいぞく》が大嫌《だいきら》いでござったからな」

「海賊《かいぞく》が大嫌《だいきら》い？　海賊《かいぞく》の子孫《しそん》なのに？」

美希《みき》が聞《き》くと、サラはコクリとうなずいた。

「いつも言《い》ってたでござる。海賊《かいぞく》は、人《ひと》の物《もの》も命《いのち》も奪《うば》う、恐《おそ》ろしい悪魔《あくま》だって。海賊《かいぞく》みたいになっちゃダメだって。でも、ワタシは……」

サラは大《おお》きな瞳《ひとみ》でアン・ボニーの肖像画《しょうぞうが》を見上《みあ》げた。

「ご先祖様《せんぞさま》みたいに、この世界《せかい》を冒険《ぼうけん》したいでござる〜〜！」

真実《しんじつ》がハッと顔《かお》をあげた。

アン・ボニー
1700年《ねん》ごろにアイルランドで生《う》まれ、男《おとこ》に扮《ふん》して海賊《かいぞく》になった。20年《ねん》に捕《と》らえられたが、妊娠《にんしん》を理由《りゆう》に死刑執行《しけいしっこう》は保留《ほりゅう》に。その後《ご》、結婚《けっこん》して8人《にん》の子《こ》どもをもうけたという説《せつ》もある。

メアリ・リード
1695年《ねん》ごろにイギリスで生《う》まれ、男児《だんじ》として育《そだ》てられ海賊《かいぞく》になった。アン・ボニーと同《おな》じく1720年《ねん》に捕《と》らえられ、翌年《よくねん》に病気《びょうき》で獄中死《ごくちゅうし》した。

「海賊《かいぞく》は恐《おそ》ろしい悪魔《あくま》……。そういえば、ヴァイオレットさんが言《い》ってた。黒《くろ》ひげは『宝《たから》の場所《ばしょ》を知《し》っているのは俺様《おれさま》と悪魔《あくま》だけ』という言葉《ことば》を残《のこ》したって」

真実《しんじつ》は、美希《みき》から地図《ちず》を受《う》け取《と》ると、その場《ば》で広《ひろ》げた。

「もしかしたら、この地図《ちず》はニセモノじゃないかもしれない」

「えっ!?　どういうことでござるか!?」

真実《しんじつ》は地図《ちず》に描《えが》かれた、ガイコツがヤリでハートを突《つ》くマークを指《ゆび》さした。

「これは黒《くろ》ひげの印《しるし》……つまり『俺様《おれさま》』だ。もしかしたらもうひとつ、『悪魔《あくま》』が記《しる》されたアイテムがどこかにあるのかもしれない」

「そっか！　『俺様《おれさま》と悪魔《あくま》だけ』……つまり、『俺様《おれさま》』と『悪魔《あくま》』のふたつをそろえれば宝《たから》の隠《かく》し場所《ばしょ》がわかるかもしれないってこと!?」

美希《みき》の言葉《ことば》に真実《しんじつ》はうなずいた。

「ああ。その可能性《かのうせい》はある」

「そういえば昔《むかし》……母上《ははうえ》が父上《ちちうえ》に話《はな》しているのを聞《き》いたことがあるでござる！　バハマのどこかに、悪魔《あくま》が取《と》り残《のこ》されてるって」

「もしかしたら、それが『悪魔《あくま》』が記《しる》されたアイテムのヒントかもしれない」

真実《しんじつ》の言葉《ことば》を聞《き》いたサラは、わなわなと唇《くちびる》を震《ふる》わせた。

「じゃあ！　じゃあ！　母上《ははうえ》がご先祖様《せんぞさま》から受《う》け継《つ》いだ地図《ちず》は、本物《ほんもの》かもしれないでござるか!?　これは……夢《ゆめ》ではござらんな!?」

「夢《ゆめ》じゃないよ！　お母《かあ》さんが海《うみ》に捨《す》てた地図《ちず》が戻《もど》ってくるなんて運命《うんめい》だよ！　サラちゃん、もうひとつのアイテム、私《わたし》たちで見《み》つけに行《い》こうよ！」

美希《みき》が言《い》うと、サラは首《くび》を縦《たて》にブンブンと振《ふ》った。

「行《い》きたい！　行《い》きたいでござる!!　でも……」

「でも何《なに》!?」

「幽霊船《ゆうれいせん》が気《き》になるでござる。『俺様《おれさま》の海《うみ》に船《ふね》を出《だ》すことは許《ゆる》さん』って黒《くろ》ひげが警告《けいこく》してるでござるよ。あのヴァイオレットさんですら、おびえていたでござる」

サラの言葉《ことば》に、健太《けんた》も同意見《どういけん》だった。

「そうだよ！　赤《あか》い雨《あめ》だって、黒《くろ》ひげの呪《のろ》いかもしれないって言《い》ってたし」

「何《なに》よ2人《ふたり》とも、ここまで来《き》て尻《しり》ごみする気《き》!?　幽霊船《ゆうれいせん》なんてホントにあるわけないじゃない！　呪《のろ》いなんてただの思《おも》い込《こ》みだよ！」

美希《みき》が強《つよ》く言《い》い返《かえ》したそのときだった。

「海岸《かいがん》に幽霊船《ゆうれいせん》が出《で》たぞ！」

博物館《はくぶつかん》の外《そと》で騒《さわ》ぐ人々《ひとびと》の声《こえ》が聞《き》こえた。サラ、健太《けんた》、美希《みき》はゴクリとつばをのんだ。

美希《みき》は2人《ふたり》の顔《かお》を見《み》つめて言《い》った。

「黒《くろ》ひげの呪《のろ》いかどうか確《たし》かめる、いいチャンスじゃない!?」

「う～……そうでござるな！　行《い》ってみるでござる！」

「え～！　サラちゃんまで!?　なら仕方《しかた》ない、ぼくも行《い》くよ！」

出口《でぐち》に向《む》かって駆《か》け出《だ》す3人《にん》に、真実《しんじつ》が声《こえ》をかけた。

「ぼくはもう少《すこ》し調《しら》べたいことがある。先《さき》に行《い》っててくれないか」

●

日《ひ》が沈《しず》み、闇《やみ》に包《つつ》まれ始《はじ》めた浜辺《はまべ》に、健太《けんた》たちは駆《か》け込《こ》んだ。

「あっ！　あそこでござる！」

見《み》ると、海岸《かいがん》から１００メートルほどの沖合《おきあい》に、霧《きり》に包《つつ》まれたボロボロの海賊船《かいぞくせん》が浮《う》かんでいた。

掲《かか》げた旗《はた》にはハートを突《つ》くガイコツ……黒《くろ》ひげのマークが描《えが》かれている。

「あれは黒《くろ》ひげの海賊船《かいぞくせん》……！　『アン女王《じょおう》の復讐号《ふくしゅうごう》』でござるか……！」

やがて、甲板《かんぱん》に首《くび》なしの海賊《かいぞく》が姿《すがた》を現《あらわ》した。

低《ひく》く、野太《のぶと》い声《こえ》が海《うみ》に響《ひび》く。

「俺様《おれさま》の海《うみ》に船《ふね》を出《だ》すことは許《ゆる》さん。血《ち》の呪《のろ》いをかけてやるぞ……！」

海岸《かいがん》から眺《なが》めていた人々《ひとびと》はどよめき、恐《おそ》れおののいている。

「本物《ほんもの》だ……本物《ほんもの》の幽霊船《ゆうれいせん》だ……！　黒《くろ》ひげの亡霊《ぼうれい》だよ……！」

震《ふる》える健太《けんた》の横《よこ》に、真実《しんじつ》が姿《すがた》を現《あらわ》した。

「今《いま》、海賊博物館《かいぞくはくぶつかん》で聞《き》いてきたんだ。幽霊船《ゆうれいせん》が現《あらわ》れたのはこれまで5回《かい》。どの日《ひ》も、波《なみ》が穏《おだ》やかで風《かぜ》もない日《ひ》の夜《よる》だった」

「幽霊船《ゆうれいせん》と天気《てんき》に何《なに》か関係《かんけい》があるの？」

美希《みき》が聞《き》くと真実《しんじつ》はうなずいた。

「ああ、どうして穏《おだ》やかな日《ひ》にだけ現《あらわ》れるのか。きっと理由《りゆう》があるはずさ」

真実《しんじつ》は、海岸《かいがん》の隅《すみ》に積《つ》まれた建築資材《けんちくしざい》に目《め》をやった。

「あれを使《つか》って、幽霊船《ゆうれいせん》の正体《しょうたい》を暴《あば》いてみせよう」

●

しばらくすると、海岸《かいがん》には、大《おお》きな正方形《せいほうけい》の箱《はこ》ができあがっていた。

一辺《いっぺん》5メートルはあるだろうか。海《うみ》を向《む》いた面《めん》の真《ま》ん中《なか》には、大《おお》きな丸《まる》い穴《あな》が開《あ》いている。

「これ前《まえ》にも見《み》たことある！　理科《りか》の実験《じっけん》で使《つか》う空気砲《くうきほう》だよね！」

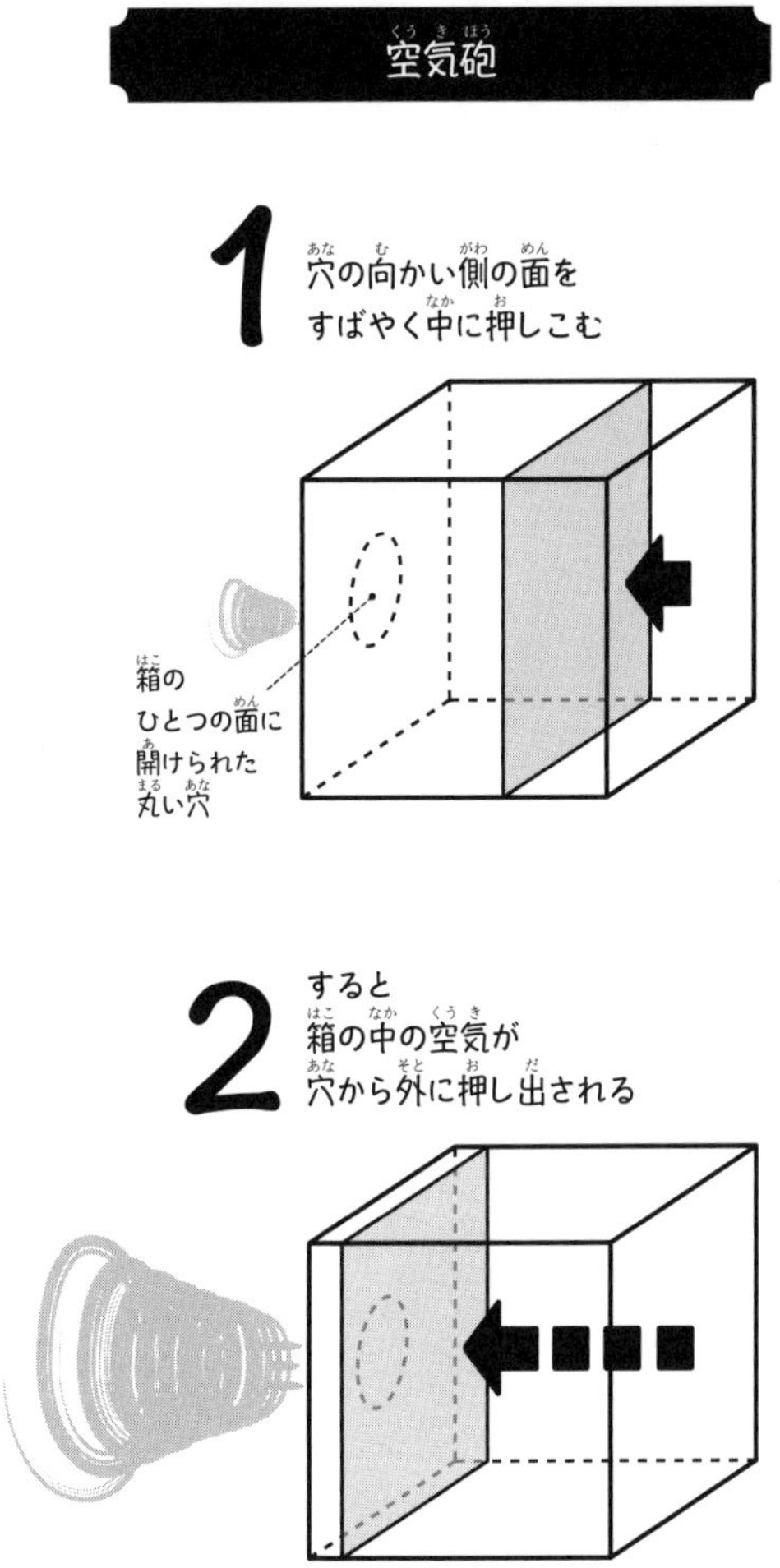
空気砲《くうきほう》
1
穴《あな》の向《む》かい側《がわ》の面《めん》をすばやく中《なか》に押《お》しこむ
箱《はこ》のひとつの面《めん》に開《あ》けられた丸《まる》い穴《あな》
2
すると箱《はこ》の中《なか》の空気《くうき》が穴《あな》から外《そと》に押《お》し出《だ》される

箱《はこ》を見上《みあ》げて健太《けんた》が言《い》う。

「ああ。このサイズなら、発射《はっしゃ》した空気《くうき》が１００メートル以上《いじょう》飛《と》ぶはずさ。早速《さっそく》やってみよう」

真実《しんじつ》、健太《けんた》、美希《みき》の３人《にん》は、箱《はこ》のうしろ側《がわ》へ回《まわ》った。

「箱《はこ》のうしろ側《がわ》の四角《しかく》い板《いた》をみんなで押《お》して、中《なか》の空気《くうき》を押《お》し出《だ》すんだ」

「わかった、それじゃいくよ！　せーの！　それ――っ！」

健太《けんた》の合図《あいず》で、力《ちから》を合《あ》わせて板《いた》を押《お》す３人《にん》。

ズザザザザー

ーッ！

空気砲《くうきほう》の近《ちか》くで見守《みまも》っていたサラは、目《め》には見《み》えないが、空気《くうき》が揺《ゆ》れたのを感《かん》じた。

「発射成功《はっしゃせいこう》でござる——っ！」

真実《しんじつ》たちは箱《はこ》の前《まえ》に出《で》て、霧《きり》の中《なか》に浮《う》かぶ幽霊船《ゆうれいせん》を見《み》つめた。

「空気砲《くうきほう》の空気《くうき》があの幽霊船《ゆうれいせん》に当《あ》たれば……」

真実《しんじつ》がそうつぶやいた瞬間《しゅんかん》。

海上《かいじょう》の霧《きり》が、何《なに》かに吹《ふ》き飛《と》ばされるように、バフッと大《おお》きく揺《ゆ》

れ動《うご》いた。

「よしっ！　空気砲《くうきほう》が当《あ》たった〜！」

ガッツポーツで叫《さけ》ぶ健太《けんた》。

空気《くうき》に押《お》され、霧《きり》が散《ち》りぢりになっていく。それと同時《どうじ》に幽霊船《ゆうれいせん》も姿《すがた》を消《け》した。

「ああっ！　幽霊船《ゆうれいせん》が消《き》えたでござる！」

「やっぱりだ。おそらく風《かぜ》のない日《ひ》を選《えら》んで、ドローンか何《なに》かで海上《かいじょう》に霧《きり》をまき、そこに海《かい》賊船《ぞくせん》の映像《えいぞう》を投影《とうえい》していたんだ。風《かぜ》が強《つよ》いと霧《きり》は散《ち》ってしまうからね」

「なるほど！　ということは、黒《くろ》ひげの呪《のろ》いなんかじゃなくて、誰《だれ》かが仕組《しく》んだイタズラってわけね。ビビリのお2人《ふたり》、ご感想《かんそう》は？」

美希《みき》が茶化《ちゃか》して言《い》うと、サラはあわてて口《くち》をとがらせた。

「ビビってなんかないでござる！」

「でも、赤《あか》い雨《あめ》はどうなるの？　呪《のろ》いじゃないとしたら一体《いったい》どうやって？」

健太《けんた》が言《い》うと、真実《しんじつ》は人《ひと》さし指《ゆび》で眼鏡《めがね》をクイッと持《も》ち上《あ》げた。

海賊船《かいぞくせん》のトリック

1
空中《くうちゅう》にドローンで
霧《きり》のかたまりをつくる
2
プロジェクターで
海賊船《かいぞくせん》の映像《えいぞう》を映《うつ》す

「雨《あめ》は人工的《じんこうてき》に降《ふ》らせることができるんだ。おそらく犯人《はんにん》は、雲《くも》の中《なか》に雨《あめ》を赤《あか》くする『赤《あか》土《つち》』と一緒《いっしょ》に『ヨウ化銀《かぎん》』をまいたのさ」

「ヨウ化《か》銀《ぎん》？」

耳《みみ》なれない言葉《ことば》に健太《けんた》が首《くび》をかしげる。

「ああ。『ヨウ化銀《かぎん》』の粉末《ふんまつ》は、雨《あめ》を作《つく》るのに必要《ひつよう》なあるものと結晶《けっしょう》の構造《こうぞう》がそっくりなんだ。だから『ヨウ化銀《かぎん》』を雲《くも》の中《なか》にまくと、雨《あめ》が降《ふ》りやすくなるのさ」

「ヨウ化銀《かぎん》」の結晶《けっしょう》の構造《こうぞう》とよく似《に》ていて、雨《あめ》を作《つく》るのに必要《ひつよう》なものとは？

1・水《みず》
2・氷《こおり》
3・太陽《たいよう》の光《ひかり》

ヨウ化銀《かぎん》
ヨウ素《そ》と銀《ぎん》が結《むす》びついたもの。淡《あわ》い黄色《きいろ》をした無臭《むしゅう》の粉《ふん》末《まつ》。光《ひかり》に当《あ》たると灰色《はいいろ》に変《か》わる性質《せいしつ》を持《も》つ。

雲《くも》の中《なか》で雨《あめ》の粒《つぶ》が大《おお》きくなるときの中心《ちゅうしん》になるものだよ。

解《かい》決《けつ》編《へん》

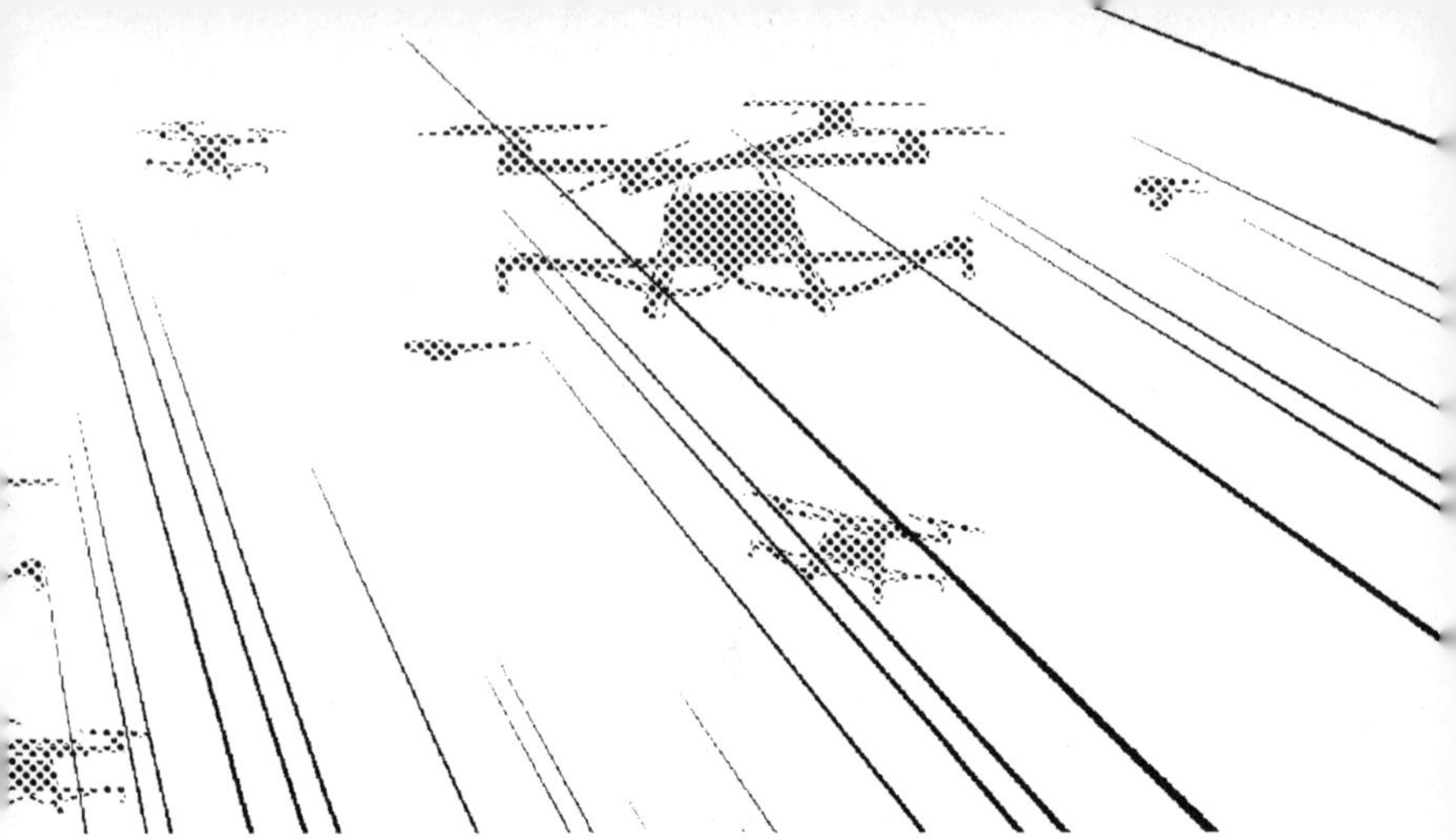

翌朝《よくあさ》5時《じ》。真実《しんじつ》たちは島《しま》の東《ひがし》の端《はし》にある海岸《かいがん》にいた。

双眼鏡《そうがんきょう》を手《て》に、ジッと空《そら》を見張《みは》っている。

「ふあ〜〜、どうしてこんな誰《だれ》もいない海岸《かいがん》に来《き》たの？」

あくびまじりに健太《けんた》がつぶやくと、真実《しんじつ》が言《い》った。

「雲《くも》は東側《ひがしがわ》の海《うみ》から貿易風《ぼうえきふう》に吹《ふ》かれてやってくる。雨《あめ》を降《ふ》らせるために、雲《くも》に細工《さいく》をするなら、このあたりを通《とお》るはずだよ」

「通《とお》る？　通《とお》るって何《なに》が？」

健太《けんた》が聞《き》き返《かえ》した瞬間《しゅんかん》、サラが空《そら》を指《ゆび》さして叫《さけ》んだ。

「見《み》て！　ドローンでござる！何《なに》かを運《はこ》んでるみたいでござるよ！」

見《み》ると、たくさんのドローンが編隊《へんたい》を組《く》んで飛《と》んでいる。

機体《きたい》には、大《おお》きなタンクが取《と》り付《つ》けられていた。

「おそらく、あのドローンで赤《あか》い雨《あめ》を作《つく》り出《だ》すつもりだ」

真実《しんじつ》はそう言《い》うと、ドローンが飛《と》ぶ方角《ほうがく》へと走《はし》り出《だ》した。

肩《かた》から下《さ》げたバッグからすばやく銃《じゅう》を取《と》り出《だ》す。

先端《せんたん》のパーツを変《か》えることで発射《はっしゃ》する弾丸《だんがん》を自由《じゆう》に変《か》えられる、真実《しんじつ》のアイテム「ハンディガン」だ。

真実《しんじつ》は、銃口《じゅうこう》に先《さき》のとがった矢《や》を装填《そうてん》し、ドローンに狙《ねら》いをつけた。

貿易風《ぼうえきふう》
赤道付近《せきどうふきん》や北極《ほっきょく》、南極《なんきょく》で1年《ねん》にわたって東《ひがし》から西《にし》へ吹《ふ》く風《かぜ》のこと。偏東風《へんとうふう》とも呼《よ》ばれる。地球《ちきゅう》の自転《じてん》により北半球《きたはんきゅう》と南半球《みなみはんきゅう》で風向《かざむ》きが変《か》わる。

バシュッ！

放《はな》たれた矢《や》は、見事《みごと》にドローンのタンクを射抜《いぬ》いた。

タンクから、サラサラと粉《こな》のようなものがこぼれ落《お》ちるのが見《み》えた。

「あれはなんでござるか!?　確《たし》かめに行《い》くでござる！」

真実《しんじつ》たちが駆《か》けつけると、地面《じめん》に赤土《あかつち》と黄《き》色《いろ》っぽい粉《こな》が散《ち》らばっていた。

「もしかして、これが真実《しんじつ》くんが言《い》っていた『ヨウ化銀《かぎん》』？」

健太《けんた》の言葉《ことば》に真実《しんじつ》はうなずいた。

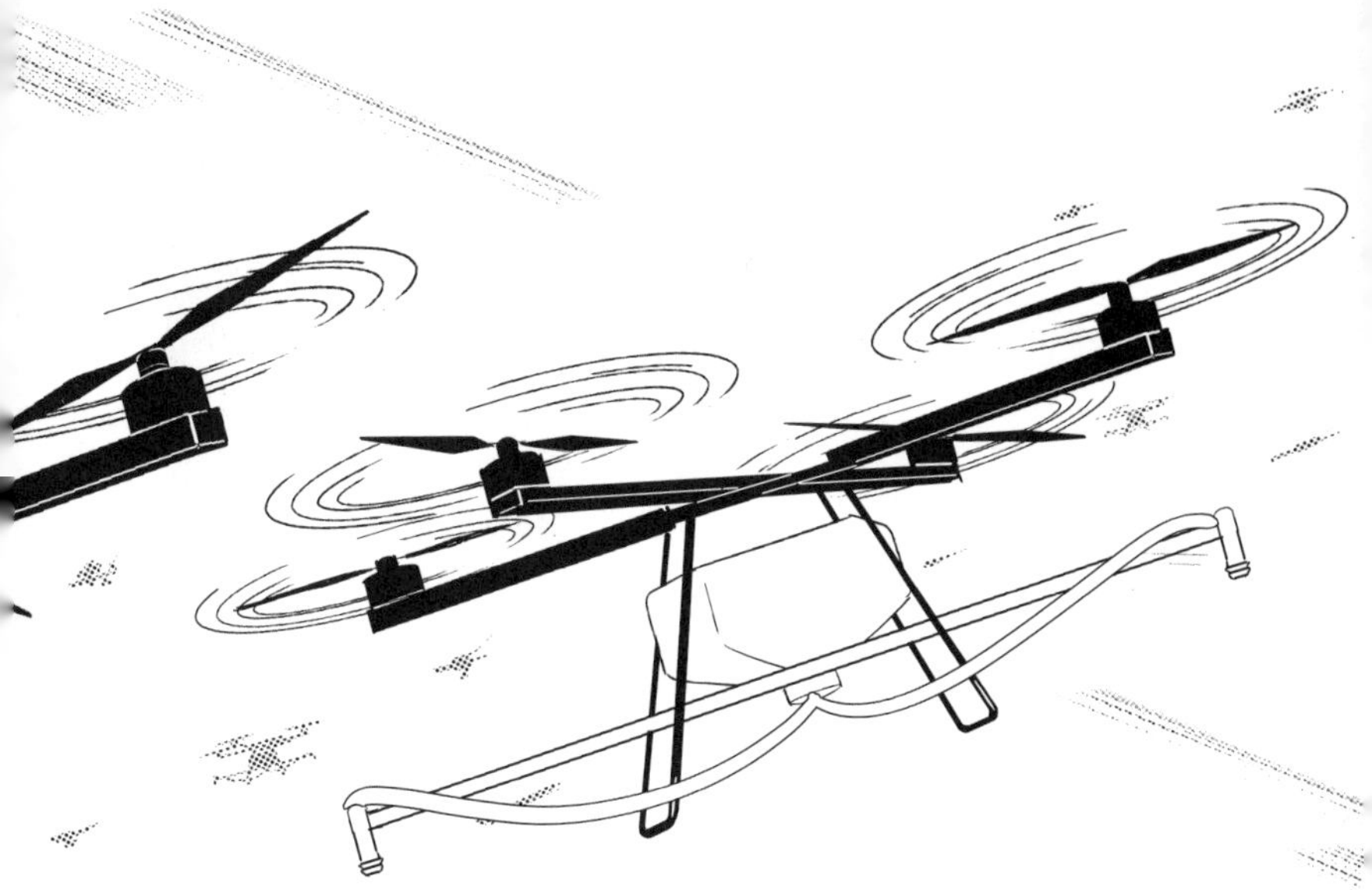

「ああ。ヨウ化銀《かぎん》は、雨《あめ》を作《つく》るのに必要《ひつよう》な『氷《こおり》』とよく似《に》た構造《こうぞう》をしている。だから雲《くも》の中《なか》にある水《みず》の粒《つぶ》とくっつきやすいんだ。それが雲《くも》の中《なか》で冷《ひ》やされると大《おお》きな氷《こおり》の粒《つぶ》になる。大《おお》きな氷《こおり》の粒《つぶ》は重《おも》いから、雲《くも》から落下《らっか》して溶《と》けて雨《あめ》になるというわけさ」

「そうか、犯人《はんにん》はドローンを使《つか》って雲《くも》の中《なか》にヨウ化銀《かぎん》と赤土《あかつち》をまいて、赤《あか》い雨《あめ》を降《ふ》らせていたんだね」

健太《けんた》が言《い》うと、美希《みき》は怒《おこ》ったようにほおをふくらませた。

「きっと犯人《はんにん》は、ヴァイオレットさんに黒《くろ》ひげの宝《たから》を取《と》られるのがイヤで、幽霊船《ゆうれいせん》や赤《あか》い雨《あめ》をでっちあげたんだよ！　島《しま》の人《ひと》たちまで

雨《あめ》が降《ふ》るしくみ

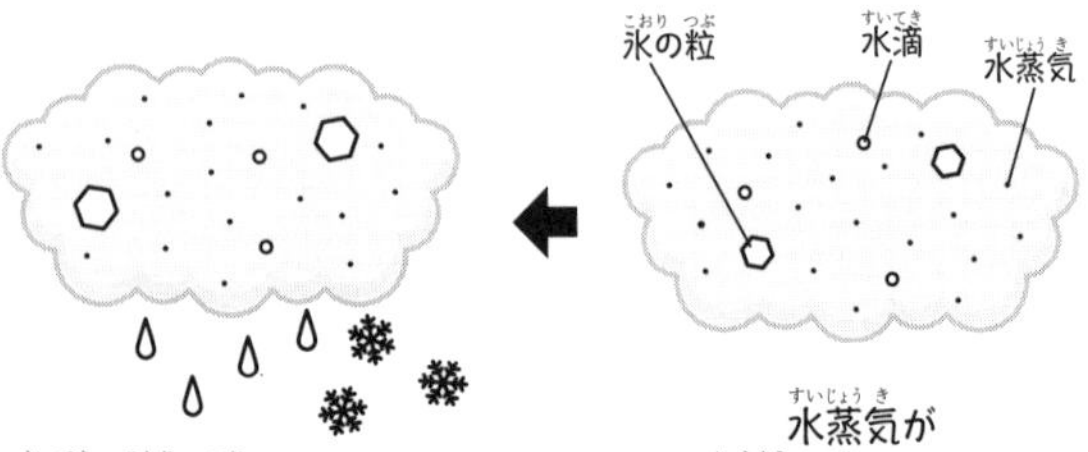

水蒸気《すいじょうき》が
上空《じょうくう》で冷《ひ》やされて
雲《くも》ができる

水滴《すいてき》や氷《こおり》の粒《つぶ》がくっついて
大《おお》きくなり、
雨《あめ》や雪《ゆき》になって降《ふ》る

赤《あか》い雨《あめ》のトリック

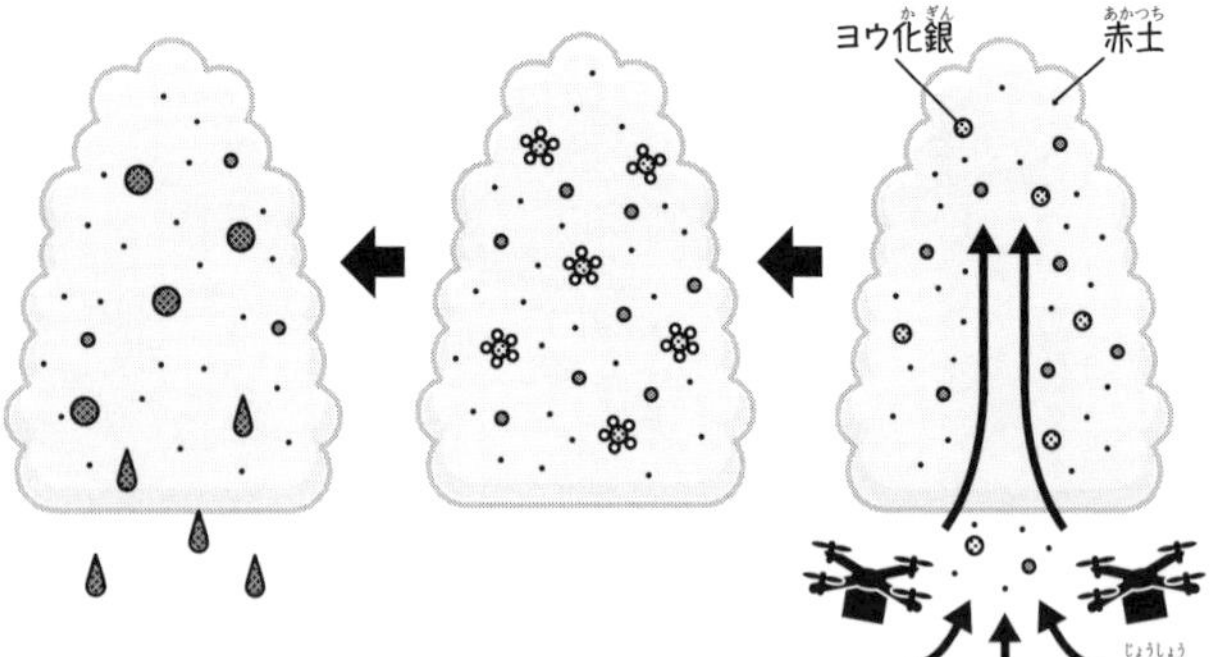

雨雲《あまぐも》の下《した》から
ドローンで
ヨウ化銀《かぎん》と赤土《あかつち》をまくと
上昇気流《じょうしょうきりゅう》にのって
雲《くも》の中《なか》に広《ひろ》がる

ヨウ化銀《かぎん》に
水滴《すいてき》がくっついて
大《おお》きな粒《つぶ》に
なっていく

まわりの赤土《あかつち》を
巻《ま》きこみ
赤土《あかつち》が混《ま》ざった
水滴《すいてき》になり
赤《あか》い雨《あめ》になって降《ふ》る

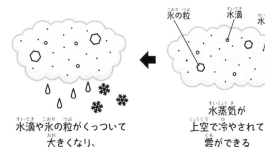

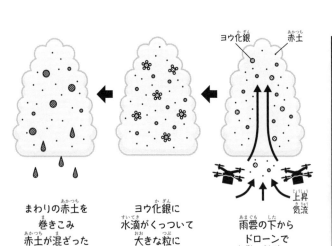

巻《ま》き込《こ》んで迷惑《めいわく》なヤツ！」

サラはホッと息《いき》をはいて美希《みき》に言《い》う。

「じゃあ、幽霊船《ゆうれいせん》も赤《あか》い雨《あめ》も黒《くろ》ひげの呪《のろ》いじゃないのでござるな!?」

「これでもう怖《こわ》くないでしょ？　黒《くろ》ひげの宝《たから》を見《み》つけに行《い》く覚悟《かくご》はできた？」

「もちろんでござる！　最初《さいしょ》からその覚悟《かくご》はできているでござる！」

サラの元気《げんき》な声《こえ》に、美希《みき》は思《おも》わずほほえんだ。つられて健太《けんた》も笑《わら》って言《い》う。

「まずは、バハマに残《のこ》された、悪魔《あくま》の印《しるし》がついたアイテム探《さが》しだね！」

「みんなでレッツゴーでござる！」

その言葉《ことば》に真実《しんじつ》もうなずく。

「３００年《ねん》以上《いじょう》、誰《だれ》も見《み》つけられなかった黒《くろ》ひげの財宝《ざいほう》。そして、財宝探《ざいほうさが》しを妨害《ぼうがい》しようとする犯人《はんにん》……何《なに》か大《おお》きなナゾが隠《かく》されていそうだ」

●

そんな真実《しんじつ》たちの様子《ようす》を、遠《とお》くから望遠鏡《ぼうえんきょう》でのぞいている一団《いちだん》があった。

高台《たかだい》に立《た》つ廃墟《はいきょ》の一室《いっしつ》。

暗闇《くらやみ》に包《つつ》まれた室内《しつない》には、ボロボロの海賊《かいぞく》の服《ふく》を身《み》にまとった、不気味《ぶきみ》なガイコツたちの姿《すがた》があった。

その中心《ちゅうしん》にいるのはなんと、首《くび》がない海賊《かいぞく》だった。

「ギイイイ……。
ヤツラヲ追《お》エ。
コノ黒《くろ》ヒゲノ宝《たから》ハ
ダレニモワタサン」

I

SCIENCE TRICK DATA FILE

科学《かがく》トリックデータファイル

天気《てんき》をあやつる技術《ぎじゅつ》

自然《しぜん》の雲《くも》に雨《あめ》を降《ふ》らせるきっかけを与《あた》えることを「人工降雨《じんこうこうう》」といいます。自然《しぜん》にできた雲《くも》の中《なか》に、雨《あめ》の種《たね》になる小《ちい》さな物質《ぶっしつ》をまくと、そこに水《みず》や氷《こおり》がくっついて大《おお》きくなり、数十分後《すうじっぷんご》に雨《あめ》が降《ふ》ります。雨《あめ》の種《たね》にはヨウ化銀《かぎん》のほか、ドライアイスや塩《しお》

雨《あめ》の種《たね》を地上《ちじょう》からまく

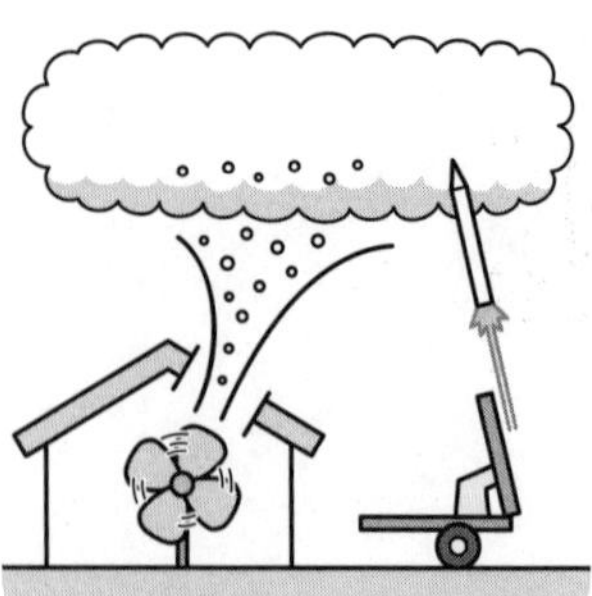

小《ちい》さな物質《ぶっしつ》を水蒸気《すいじょうき》に混《ま》ぜて空《そら》に放出《ほうしゅつ》したり、ロケットで撃《う》ち上《あ》げたりする

などが使《つか》われます。

世界《せかい》50カ国《こく》以上《いじょう》で取《と》り組《く》まれていて、2008年《ねん》の北京《ペキン》オリンピックでは開会式当日《かいかいしきとうじつ》に雨《あめ》が降《ふ》らないよう、中国政府《ちゅうごくせいふ》が事前《じぜん》に雨《あめ》を降《ふ》らせました。

干《かん》ばつ対策《たいさく》としても注目《ちゅうもく》される技術《ぎじゅつ》ですが、自然《しぜん》への影響《えいきょう》がわかっていないことや、雨《あめ》の量《りょう》が不平等《ふびょうどう》になるなどの理由《りゆう》で反《はん》対《たい》する人《ひと》もいます。

上空《じょうくう》で雲《くも》に直接《ちょくせつ》まく

雨《あめ》が降《ふ》りそうな雲《くも》を狙《ねら》って、航空機《こうくうき》で雲《くも》に直接種《ちょくせつたね》をまくこともできる

封《ふう》印《いん》された

幽霊船《ゆうれいせん》の海賊《かいぞく》2

悪《あく》魔《ま》の地《ち》図《ず》

「うわあ、すごいにぎやかな場所《ばしょ》！」

「麦《むぎ》わら帽子《ぼうし》や、かわいい民芸品《みんげいひん》がたくさんあるね！」

真実《しんじつ》が幽霊船《ゆうれいせん》の正体《しょうたい》を見破《みやぶ》った翌日《よくじつ》、一行《いっこう》はサラの案内《あんない》で、港近《みなとちか》くにあるストローマーケットにやってきた。

そこは、ナッソーにある手工芸品市場《しゅこうげいひんいちば》。ヤシの葉《は》を加工《かこう》して作《つく》った帽子《ぼうし》やカゴ、コンク貝《がい》を使《つか》ったアクセサリーなどが所狭《ところせま》しと並《なら》んでいる。

「コンク貝《がい》は、バハマの名物《めいぶつ》なんでござる。食《た》べても、おいしいんでござるよ」

ピンクのハート形《がた》のコンク貝《がい》を連《つら》ねたブレスレットを指《ゆび》さしながら、サラは自慢《じまん》げに言《い》った。すると、健太《けんた》がつぶやく。

「そういえばハマセンは、昨日《きのう》、おいしいものを食《た》べすぎておなかをこわしたって言《い》ってたっけ……。大丈夫《だいじょうぶ》かなあ？」

自分《じぶん》そっくりなハマッセンをドッペルゲンガーと思《おも》い込《こ》み、ショックで気分《きぶん》が悪《わる》くなりひとりホテルに向《む》かったハマセン。しかし、その後《ご》、元気《げんき》を取《と》り戻《もど》し、ガイドブックで紹介《しょうかい》されているおいしい店《みせ》を片《かた》っ端《ぱし》から食《た》べ歩《ある》いた。その結果《けっか》……おなかをこわして、またまたダウンしてしまったのだ。ハマッセンも、ハマセンを看病《かんびょう》するためにホテルに残《のこ》り、マーケットにいるのは子《こ》どもたちだけだった。

「ちょうどよかったでござるよ。黒《くろ》ひげの宝《たから》を探《さが》そうとしてることが父上《ちちうえ》にバレたら、反対《はんたい》されるに決《き》まってるでござるからな」

そう……４人《にん》の目的《もくてき》は宝探《たからさが》しだ。

サラの母親《ははおや》が海《うみ》に流《なが》し、巡《めぐ》りめぐって美希《みき》たちが手《て》に入《い》れ、サラのもとに戻《もど》ってきた宝《たから》の地図《ちず》と、「悪魔《あくま》」の印《しるし》のついた何《なに》かを合《あ》わせれば、黒《くろ》ひげが隠《かく》した宝《たから》のありかがわかるかもしれない。サラは、これを「運命《うんめい》」と感《かん》じていた。

ストローマーケット
バハマの首都《しゅと》・ナッソーにある手工芸品市場《しゅこうげいひんいちば》。特産《とくさん》の麦《むぎ》わら帽子《ぼうし》や麦《むぎ》わらバッグなどのわら細工《ざいく》や、土産物《みやげもの》を扱《あつか》う店《みせ》が多数集《たすうあつ》まるアーケード街《がい》。

「見《み》て！　海賊《かいぞく》の剣《けん》でござる！」

土産物屋《みやげものや》の店先《みせさき》に飾《かざ》られた海賊《かいぞく》の剣《けん》、カトラスに目《め》を留《と》めたサラは、それを手《て》に取《と》り、ポーズを決《き》める。

「黒《くろ》ひげのお宝《たから》は、女海賊《おんなかいぞく》アン・ボニーの子孫《しそん》であるこのワタシ、サラ・ボニーさまがちょうだいするでござるよ！」

サラは、調子《ちょうし》に乗《の》って、カトラスを振《ふ》り回《まわ》し始《はじ》めた。

シュッ、シュッ、シュッ、シュッ。

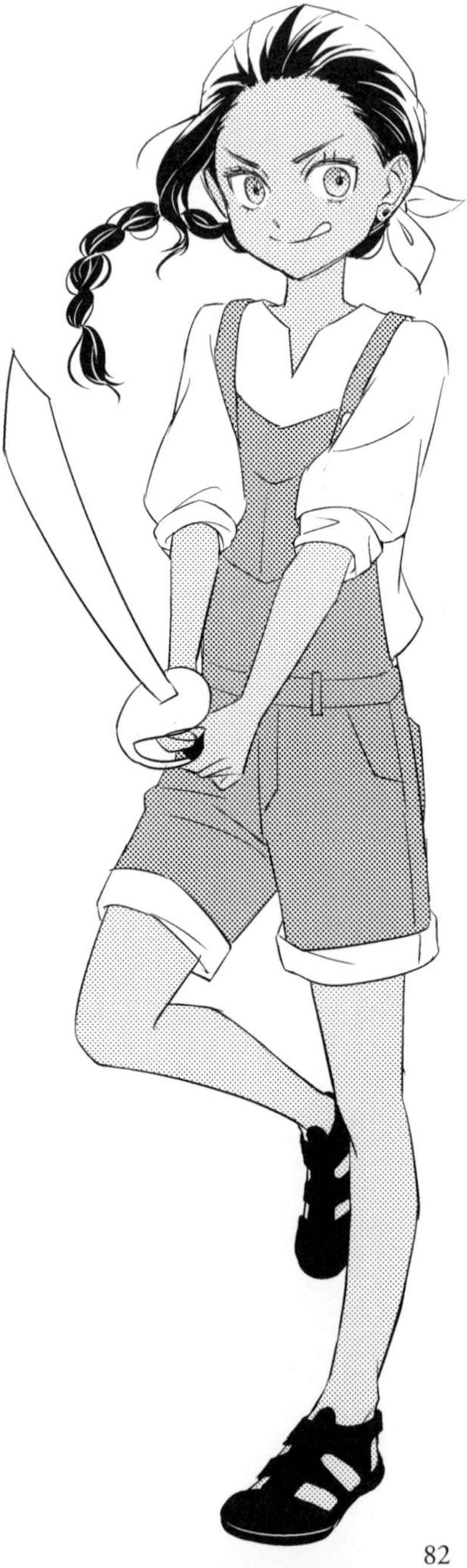

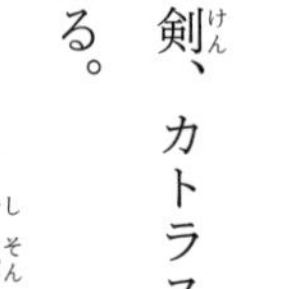

カトラス
15世紀《せいき》から17世紀《せいき》の大航海《だいこうかい》時代《じだい》に船乗《ふなの》りたちが使《つか》っていた、刃《は》の部分《ぶぶん》が分厚《ぶあつ》く反《そ》り返《かえ》っている短剣《たんけん》。

「ちょっ……こんな狭《せま》い場所《ばしょ》で、ほかのお客《きゃく》さんに迷惑《めいわく》でしょ！」

そう、美希《みき》はたしなめたが、健太《けんた》は単純《たんじゅん》にサラの剣《けん》さばきに感心《かんしん》する。

「すごい！　サラちゃん、日本《にほん》のお侍《さむらい》さんみたいだ！」

「父上《ちちうえ》とチャンバラごっこで鍛《きた》えたんでござる」

「チャンバラごっこ？　ああ、そういえば、家族《かぞく》で毎日《まいにち》、時代劇《じだいげき》を見《み》て日本語《にほんご》を覚《おぼ》えたって言《い》ってたよね？」

「言《い》うまでもないことでござるが、忍者映画《にんじゃえいが》もよく見《み》るでござるよ」

「あっ、ぼくも忍者《にんじゃ》のアニメ、大好《だいす》き！」

健太《けんた》とサラはここに来《き》た目的《もくてき》も忘《わす》れ、忍者《にんじゃ》の話《はなし》に夢中《むちゅう》になる。

そんな2人《ふたり》を見《み》て、美希《みき》はせきばらいをしながら言《い》った。

「ねえ、それより、こんなところに『悪魔《あくま》』の印《しるし》がついた何《なに》かなんてホントにあるの？」

見《み》た感《かん》じでは、ストローマーケットは、ただの観光名所《かんこうめいしょ》だ。

「悪魔《あくま》」の名《な》にふさわしい、おどろおどろしさは微塵《みじん》もない。

すると、サラは、胸《むね》を反《そ》らせながら、こう言《い》い返《かえ》してきた。

「『悪魔《あくま》』の印《しるし》がついた何《なに》かがここにあるなんて、ひとことも言《い》ってないでござる」

「えっ？」

「お主《ぬし》たちをここに案内《あんない》したのは、『悪魔《あくま》』のアイテムがある場所《ばしょ》を知《し》っていそうな人《ひと》がここにいるからなんでござるよ。いいから、ついてくるでござる」

サラは、自信満々《じしんまんまん》にそう言《い》うと、先《さき》に立《た》って歩《ある》き出《だ》した。

歩《ある》きながらサラは、陽気《ようき》に英語《えいご》の歌《うた》を口《くち》ずさむ。

「ねんねや、ねんね、おやすみよ〜♪　寝《ね》ないと、くるぞ、ガイコツがぁ〜♪
天秤《てんびん》持《も》って、やってくるぅ〜♪　口《くち》をつぐめや、つぐめ。流《なが》した涙《なみだ》があふれればぁ
〜、地獄《じごく》の入《い》り口《ぐち》すぐそこにぃ〜♪　ほら、連《つ》れてくぞ〜♪」

「その歌《うた》、何《なに》？」

「先祖代々《せんぞだいだい》、うちに伝《つた》わる子守歌《こもりうた》でござる。母上《ははうえ》がよく歌《うた》っていたんでござるよ」

サラはそう言《い》いながら、路地裏《ろじうら》へと歩《ほ》を進《すす》めた。

４人《にん》がやってきたのは、市場《いちば》の一角《いっかく》でタロット占《うらな》いをやっている占師《うらないし》のオババのもとだった。サラによると、オババは１００歳《さい》を超《こ》えていて、ナッソーのことなら、昔《むかし》のことも、今《いま》のことも、なんでも知《し》っているという。

オババは、いきなりタロットカードを切《き》ると、４人《にん》の前《まえ》に聖杯《せいはい》のカードを置《お》く。

「カップのエース。『幸《しあわ》せを受《う》け取《と》ること』を意味《いみ》するカードだ」

「幸《しあわ》せを受《う》け取《と》る!?」

「黒《くろ》ひげの宝《たから》を手《て》に入《い》れられるってことね!」

翻訳《ほんやく》アプリで日本語《にほんご》に訳《やく》されたオババの言《こと》葉《ば》に、健太《けんた》と美希《みき》は大《おお》はしゃぎだ。

サラは前《まえ》のめりになって、オババにたずねる。

「で、どうすれば、その宝《たから》は手《て》に入《はい》る!?『悪魔《あくま》』の印《しるし》がついた何《なに》かを手《て》に入《い》れれば、宝《たから》のありかがわかるんだけど、それはどこにあるんだ!?」

「ふっふっふ……」

オババは、含《ふく》み笑《わら》いをしながら答《こた》えた。

「『悪魔《あくま》』の印《しるし》がついた何《なに》かというからには、『悪魔《あくま》』の名《な》にちなんだ場所《ばしょ》にあるんじゃないかい?」

「で、その場所《ばしょ》はどこ!?」

「さあてね……この道《みち》をまっすぐ行《い》った街《まち》はずれに、悪魔《あくま》がいると言《い》われている森《もり》ならあるが……」

「悪魔《あくま》の……森《もり》？」

「子《こ》どものころ、まわりの大人《おとな》から、その場所《ばしょ》にだけは足《あし》を踏《ふ》み入《い》れちゃいかん、入《はい》ったら最後《さいご》、取《と》り殺《ころ》されちまうって、よく言《い》われたものさ。悪魔《あくま》のように恐《おそ》ろしい、黒《くろ》ひげの亡霊《ぼうれい》が夜《よ》な夜《よ》な首《くび》を求《もと》めて、さまよい歩《ある》くってね……」

オババの言葉《ことば》に、サラはゾッとした。

オババは、くくく……と笑《わら》いながら続《つづ》ける。

「坊《ぼっ》ちゃん、嬢《じょう》ちゃん、その場所《ばしょ》に行《い》くんだったら、気《き》をつけたほうがいいよ。あんたらの行《ゆ》く手《て》には危険《きけん》が待《ま》ちかまえてると、タロットのお告《つ》げが出《で》たからね」

オババがそう言《い》ってかざしてきたのは、『死神《しにがみ》』のカードだった。

健太《けんた》とサラは、思《おも》わず、あとずさりする。

「や……やっぱ、今日《きょう》はやめといたほうがいいかもしれぬでござるな。13日《にち》の金曜日《きんようび》……日《ひ》が悪《わる》いでござる」

「えっ？　今日《きょう》は金曜《きんよう》じゃなくて、木曜《もくよう》よ」

美希《みき》は、タブレットのカレンダーを確認《かくにん》しながら、言《い》い返《かえ》した。

「もしかして、サラちゃん、亡霊《ぼうれい》が怖《こわ》いの？」

「こっ……怖《こわ》くなんかないでござるよ！　も、木曜《もくよう》だったら、問題《もんだい》はないでござる！　日《ひ》が暮《く》れないうちに、急《いそ》ぐでござる！」

サラはそう言《い》うと、忍者走《にんじゃばし》りで駆《か》け出《だ》していく。

「サラちゃん、待《ま》って〜」

健太《けんた》たちは、サラの後《あと》を追《お》いかけた。

そんな４人《にん》の姿《すがた》を、路地裏《ろじうら》の暗《くら》がりから見《み》つめている者《もの》たちがいた。

まるで海賊《かいぞく》の亡霊《ぼうれい》そのもののような、ドクロの顔《かお》をした男《おとこ》たち――。

そのうちの１人《ひとり》は、首《くび》がなかった。

●

カラフルな店《みせ》や家々《いえいえ》が立《た》ち並《なら》ぶ通《とお》りをまっすぐ歩《ある》いていくと、やがて建物《たてもの》がまばらになって、見晴《みは》らしのいい場所《ばしょ》に出《で》る。

「街《まち》はずれっていったら、このへんだと思《おも》うけど……」

「森《もり》なんてどこにあるの？」

あたりを見回《みまわ》しながら、健太《けんた》と美希《みき》がつぶやいた。

「もしかして……あれのことじゃないかな？」

真実《しんじつ》は、前方《ぜんぽう》に見《み》えるマングローブが生《お》い茂《しげ》った場所《ばしょ》をさす。

それは森《もり》というより雑木林《ぞうきばやし》に近《ちか》かったが、地図《ちず》で確認《かくにん》しても、このあたりで「森《もり》」と呼《よ》べそうな場所《ばしょ》はそこしかないと、真実《しんじつ》は言《い》った。

「あはは、なーんだ。オババが『悪魔《あくま》の森《もり》』なんて言《い》うから、どんなところかと思《おも》ったら、大《たい》したことないでござるな」

サラは笑《わら》いながら、マングローブの林《はやし》の中《なか》へと足《あし》を踏《ふ》み入《い》れた。

しかし、そこで足《あし》が止《と》まってしまう。

林《はやし》の中《なか》は薄暗《うすぐら》く、不気味《ぶきみ》な雰囲気《ふんいき》が漂《ただよ》っていたのだ。

道《みち》はぬかるんで、海水《かいすい》と淡水《たんすい》が入《い》りまじったところだった。

「なんか急《きゅう》に曇《くも》ってきたみたいだね」

空《そら》を見上《みあ》げ、健太《けんた》が不安《ふあん》げにつぶやく。

「雨《あめ》が降《ふ》りそうだな。探《さが》すなら、急《いそ》いだほうがいい」

真実《しんじつ》は、先頭《せんとう》に立《た》って、ぬかるんだ道《みち》を歩《ある》き出《だ》した。

「ねえ、なんか……誰《だれ》かに見《み》られているような気《き》がしない？」

歩《ある》き出《だ》してしばらくすると、美希《みき》はあたりを気《き》にしだした。健太《けんた》はおびえる。

「占師《うらないし》のオババが言《い》っていた黒《くろ》ひげの亡霊《ぼうれい》が、ぼくたちを監視《かんし》しているのかな？」

そのとき、藪《やぶ》がガサガサッと動《うご》いて、何《なに》かが美希《みき》の目《め》の前《まえ》を横切《よこぎ》った。

美希《みき》は「きゃあああっ！」と叫《さけ》んで、そばにいたサラに抱《だ》きつく。

しかし、よく見《み》ると、それはシッポがクルクルと丸《まる》くなったトカゲだった。

「ただのトカゲでござる」

サラによると、そのトカゲは「キタゼンマイトカゲ」という名《な》で、ナッソーでは、街中《まちなか》でもよく見《み》かける生《い》き物《もの》だという。

「キタゼンマイトカゲは、敵《てき》が近《ちか》づくと、あのクルクルとなった尾《お》を揺《ゆ》らして相手《あいて》の注意《ちゅうい》を逸《そ》らすんだ」

「さすがは真実殿《しんじつどの》、よく知《し》ってるでござるな」

サラは感心《かんしん》したようにそう言《い》い、美希《みき》にからかうような視線《しせん》を投《な》げかけた。

「それにしても、ただのトカゲを見《み》て怖《こわ》がるとは、美希殿《みきどの》、お主《ぬし》もなかなかのビビリよのぉ」

マングローブ
熱帯《ねったい》・亜熱帯地域《あねったいちいき》の河口《かこう》など、海水《かいすい》と淡水《たんすい》が混《ま》ざり合《あ》う場所《ばしょ》に生息《せいそく》する植物《しょくぶつ》。地面《じめん》や水面《すいめん》の上《うえ》に出《で》ている根《ね》で呼吸《こきゅう》する。日本《にほん》では沖縄《おきなわ》などで見《み》られる。

キタゼンマイトカゲ
バハマ原産《げんさん》で中南米《ちゅうなんべい》に生息《せいそく》する小型《こがた》のトカゲ。敵《てき》から逃《に》げるときや興奮《こうふん》したときに、尾《お》を山菜《さんさい》のゼンマイのように巻《ま》くため、その名《な》がついた。

「なっ……トカゲだってわかってたら、こっちも驚《おどろ》いたりなんかしないよ！」

サラと美希《みき》は、「フン！」と、ソッポを向《む》き合《あ》った。


そのとき、黒雲《こくうん》に覆《おお》われた空《そら》から、ポツポツと雨《あめ》が降《ふ》り出《だ》した。

「もしかして血《ち》の雨《あめ》!?　黒《くろ》ひげの宝《たから》に近《ちか》づくことを妨害《ぼうがい》する誰《だれ》かが、ぼくたちに警告《けいこく》しているのかな？」

健太《けんた》は、空《そら》を見上《みあ》げ、つぶやく。

しかし、降《ふ》ってきたのは赤《あか》い雨《あめ》ではなく、ふつうの雨《あめ》だった。

「ただのスコールでござる。でも、うかうかしてると、アッという間《ま》にどしゃ降《ぶ》りでござるよ」

「どこかで雨宿《あまやど》りしたほうがよさそうだね」

真実《しんじつ》はそう言《い》うと、避難場所《ひなんばしょ》を探《さが》して、ぬかるんだ道《みち》を歩《ある》き出《だ》す。

「美希《みき》ちゃん、早《はや》くこっちへ！」

健太《けんた》は、ぬかるみに足《あし》をとられてあたふたしている美希《みき》を促《うなが》し、手《て》ごろな木《き》の下《した》に逃《に》げこんだ。

サラと真実《しんじつ》も、そばにあった別《べつ》の木《き》の下《した》に避難《ひなん》する。

健太《けんた》と美希《みき》が雨宿《あまやど》りした木《き》には、黄緑色《きみどりいろ》のリンゴのような実《み》がなっていた。

「この実《み》、なんかおいしそう……食《た》べられるのかな？」

手《て》を伸《の》ばそうとした健太《けんた》を見《み》て、サラはハッとする。

「健太殿《けんたどの》、ダメでござる！」

「えっ!?」

「2人《ふたり》とも、早《はや》くその木《き》の下《した》から離《はな》れるでござる！」

サラの声《こえ》に、健太《けんた》は反射的《はんしゃてき》に木《き》の下《した》から飛《と》びのいた。

一瞬《いっしゅん》、遅《おく》れる美希《みき》。そのとき……。

ポタリ！

木《き》の枝《えだ》から落《お》ちてきた水滴《すいてき》が、美希《みき》の腕《うで》にたれた。

「痛《いた》いっつ!!」

美希《みき》は、激《はげ》しく痛《いた》がりながら、あわてて木《き》の下《した》から飛《と》び出《だ》す。

「美希《みき》ちゃん！」

見《み》ると、水滴《すいてき》のついた美希《みき》の腕《うで》は赤《あか》くなり、水《みず》ぶくれのようになっていた。

健太《けんた》は青《あお》ざめる。

「水滴《すいてき》がついただけなのに、こんなことになるなんて……。もしかして、黒《くろ》ひげの呪《のろ》い？」

「美希殿《みきどの》、早《はや》くこっちへ！」

サラは、ショックで声《こえ》も出《で》ない美希《みき》の手《て》を取《と》ると、水辺《みずべ》へと連《つ》れていく。

赤《あか》くなった美希《みき》の腕《うで》を、サラは水《みず》で洗《あら》い流《なが》した。

「これで大丈夫《だいじょうぶ》。しばらくすれば、腫《は》れも治《おさ》まるでござるよ」

「あ、ありがとう……」

美希《みき》は、とまどいながら、サラを見返《みかえ》す。

すると、サラは、にっこりほほえんで言《い》った。

「美希殿《みきどの》と健太殿《けんたどの》が雨宿《あまやど》りした木《き》は、『死《し》のリンゴ』の木《き》の下《した》だったんでござるよ」


「死《し》のリンゴ……そうか、マンチニールか！」


真実《しんじつ》は、ハッと気《き》づいて、つぶやいた。

「マンチニールは、『世界一危険《せかいいちきけん》な植物《しょくぶつ》』と言《い》われていて、リンゴに似《に》たその実《み》には猛毒《もうどく》があるんだ」

「も、猛毒《もうどく》!?　サラちゃんが止《と》めてくれなかったら、ぼく、死《し》んでたかもしれないってこと!?」

「実《み》だけではなく、樹液《じゅえき》にも毒《どく》があって、木《き》をつたった雨水《あまみず》に触《ふ》れただけでも激《はげ》しい痛《いた》みに襲《おそ》われることがある」

マンチニールのことを知識《ちしき》としては知《し》っていた真実《しんじつ》も、実物《じつぶつ》を見《み》たことがなかったので、気《き》づかなかったらしい。

「サラさんがいなかったら、大変《たいへん》なことになっていたな」

真実《しんじつ》の言葉《ことば》に、美希《みき》と健太《けんた》はうなずき、サラに感謝《かんしゃ》の目《め》を向《む》けた。

「それにしても、サラちゃんはすごいね。いろんなこと知《し》ってて……」

「ほんと、命《いのち》の恩人《おんじん》だよ」

マンチニール

アメリカ南部《なんぶ》やメキシコに生《は》えている植物《しょくぶつ》で、樹液《じゅえき》や樹《じゅ》皮《ひ》、実《み》などあらゆる部分《ぶぶん》に毒《どく》がある。「世界一危険な木《せかいいちきけんなき》」としてギネス世界記録《せかいきろく》にも掲《けい》載《さい》されている。

「なーに、これしきのこと。地元《じもと》の人間《にんげん》は、知《し》っていて当然《とうぜん》でござるよ。お主《ぬし》たちが知《し》らなすぎるだけでござる」

サラは、すっかり得意《とくい》げな顔《かお》になった。

雨《あめ》があがり、木々《きぎ》の間《あいだ》から、うっすらと日《ひ》が差《さ》し始《はじ》めた。

林《はやし》を歩《ある》きながら、美希《みき》が隣《となり》を歩《ある》く真実《しんじつ》に言《い》う。

「占師《うらないし》のオババが子《こ》どものころ、『森《もり》には悪魔《あくま》がいる』ってまわりの大人《おとな》たちから言《い》われていたのは、マンチニールの木《き》があって危険《きけん》だから近《ちか》づくなっていう意味《いみ》だったのかな？」

「うん。そうかもしれないね」

「だとしたら、この場所《ばしょ》、黒《くろ》ひげとは関係《かんけい》ないんじゃない？」

そのとき、前《まえ》を歩《ある》いていた健太《けんた》が、突然《とつぜん》、声《こえ》を張《は》りあげた。

「うわああっ、何《なに》ここ!?」

どうやら、そこは墓地《ぼち》のようだ。

目《め》の前《まえ》には、ボロボロの墓石《はかいし》が並《なら》んでいる。

「お墓《はか》っていえば……幽霊《ゆうれい》だよね？　占師《うらないし》のオババが言《い》っていた黒《くろ》ひげの亡霊《ぼうれい》は、この墓地《ぼち》に出《で》るんじゃ……？」

「そ、それは……裏《うら》を返《かえ》せば、ここに『悪魔《あくま》』の印《しるし》がついた何《なに》かが隠《かく》されてるって証拠《しょうこ》でござろう！　みんなで手分《てわ》けして探《さが》すでござる！」

サラは、震《ふる》えながらも、力強《ちからづよ》い声《こえ》で言《い》った。

4人《にん》は、墓地《ぼち》を探索《たんさく》しはじめる。

「……？　この数字《すうじ》、なんだろう？」

真実《しんじつ》は、墓石《はかいし》にそれぞれ刻《きざ》まれている「4」「6」「9」「13」「25」「88」などの番号《ばんごう》に目《め》を留《と》めた。

「見《み》て！　こっちには、なんか文字《もじ》が書《か》かれてるよ！」

健太《けんた》は、墓石《はかいし》のひとつをさしながら言《い》った。

「ねえ、これ、なんて書《か》いてあるの？」

墓石《はかいし》に刻《きざ》まれていたのは、英語《えいご》の文章《ぶんしょう》だった。

真実《しんじつ》は、それを日本語《にほんご》に訳《やく》し、健太《けんた》に教《おし》える。

『歌《うた》い、踊《おど》りたけりゃ、俺様《おれさま》の銃《じゅう》の弾《たま》を浴《あ》びろ。黒《くろ》ひげ』って書《か》いてあるんだ」

「黒《くろ》ひげ!? じゃあ、『悪魔《あくま》』の印《しるし》がついた何《なに》かは、このお墓《はか》に隠《かく》されてるってこと!?」

「いや、そんな単純《たんじゅん》なことではない気《き》がする」

真実《しんじつ》はそう言《い》うと、墓石《はかいし》に刻《きざ》まれた英文《えいぶん》をじっと見《み》た。

『俺様《おれさま》の銃《じゅう》の弾《たま》を浴《あ》びろ』

……黒《くろ》ひげはいつも6丁《ちょう》のピストルを身《み》につけていた。

当時《とうじ》のピストルは、弾《たま》が一発《いっぱつ》しか出《で》ない。

つまり、黒《くろ》ひげが撃《う》てる弾《たま》の数《かず》は……」

「6! 『6』でござるな!」

話《はなし》を聞《き》いていたサラが、横《よこ》から叫《さけ》んだ。

「そう。『悪魔《あくま》』のアイテムが隠《かく》されているとしたら、それは『6』という番号《ばんごう》の墓《はか》だ」

4人《にん》は、「6」と刻《きざ》まれた墓石《はかいし》に駆《か》け寄《よ》った。

「見《み》たところ、ただのお墓《はか》でござるな」

「悪魔《あくま》のアイテムは、このお墓《はか》の下《した》にあるんじゃない？」

「もしかして……棺《かん》おけの中《なか》とか？」

サラ、美希《みき》、健太《けんた》は、とまどいの表情《ひょうじょう》を浮《う》かべ、墓石《はかいし》を見《み》つめる。

そのとき、真実《しんじつ》が墓石《はかいし》の裏《うら》にある小《ちい》さな突起《とっき》に気《き》づいた。

真実《しんじつ》が突起《とっき》を押《お》す。すると、次《つぎ》の瞬間《しゅんかん》――、

ゴゴゴ
ゴゴゴゴゴ……。

墓石《はかいし》が、台座《だいざ》ごと横《よこ》に動《うご》いた。

「ひゃあああっ!!」

健太《けんた》は、思《おも》わず尻《しり》もちをつく。

墓石《はかいし》の下《した》からは、地下《ちか》へと続《つづ》く階段《かいだん》が現《あらわ》れた。

真実《しんじつ》が照《て》らす懐中電灯《かいちゅうでんとう》の明《あ》かりを頼《たよ》りに、４人《にん》は階段《かいだん》を下《お》りていく。

中《なか》は暗《くら》く、クモの巣《す》だらけで、ネズミやムカデが床《ゆか》をはっていた。

ほこりが積《つ》もった地下室《ちかしつ》の奥《おく》には、カウンターがあり、壁《かべ》に沿《そ》って、棚《たな》が作《つく》られている。

棚《たな》の上《うえ》には、ラム酒《しゅ》などの瓶《びん》が並《なら》んでいた。

「ここは酒場《さかば》!? 墓地《ぼち》の下《した》には、黒《くろ》ひげの秘密《ひみつ》の酒場《さかば》があったんだ!」

健太《けんた》は、目《め》をみはる。

テーブルの上《うえ》に残《のこ》されたサイコロやカップを見《み》て、真実《しんじつ》も言《い》った。

「どうやら賭博場《とばくじょう》も兼《か》ねていたようだね」

「賭博場《とばくじょう》?」

「賭《か》けごとをする場所《ばしょ》さ。当時《とうじ》の海賊《かいぞく》は、太《ふと》く短《みじか》く、『今日《きょう》が楽《たの》しければそれでいい』という気持《きも》ちで生《い》きていたんだろう」

「太《ふと》く……短《みじか》く?」

「カリブの海賊《かいぞく》は、貧《まず》しさや不平等《ふびょうどう》な政治《せいじ》のせいで、海賊《かいぞく》に身《み》を落《お》とした者《もの》がほとんどだった。その生活《せいかつ》は『海賊《かいぞく》になって、3年《ねん》生《い》き延《の》びた者《もの》はいない』と言《い》われるほど『死《し》』と隣《とな》り合《あ》わせの過酷《かこく》なものだったんだ」

真実《しんじつ》の言葉《ことば》に、一同《いちどう》はしんみりとする。

だが、サラはすぐに気《き》を取《と》り直《なお》して言《い》った。

「ここが黒《くろ》ひげの酒場《さかば》だってことは……もう、間違《まちが》いないでござるな？　『悪魔《あくま》』の印《しるし》がついた何《なに》かは、絶対《ぜったい》にこの酒場《さかば》のどこかにあるはずでござるよ」

4人《にん》は手分《てわ》けして『悪魔《あくま》』の印《しるし》がついたアイテムを探《さが》す。

クモの巣《す》を払《はら》いながら、カウンターの中《なか》を探《さが》していた健太《けんた》は、酒樽《さかだる》の上《うえ》にポツンと置《お》かれた銀製《ぎんせい》のゴブレットに気《き》づいた。

「ん？　この絵《え》、もしかして……？」

ゴブレットを手《て》に取《と》る健太《けんた》。

カップの側面《そくめん》には、2本《ほん》のツノとシッポがついた「悪《あく》魔《ま》」の絵《え》が彫《ほ》られていた。

その絵《え》を見《み》て、美希《みき》とサラは同時《どうじ》に叫《さけ》ぶ。

「悪魔《あくま》の絵《え》よ！」

「健太殿《けんたどの》、お手柄《てがら》でござる！　オババが最初《さいしょ》に示《しめ》したのも、聖杯《せいはい》のカードでござった！　悪魔《あくま》の聖杯《せいはい》！　それが、もうひとつのアイテムなんでござるよ！」

「えっ？　じゃあ、この細長《ほそなが》いコップみたいなものを、あの地図《ちず》と合《あ》わせると、黒《くろ》ひげの宝《たから》のありかがわかるってこと!?」

健太《けんた》は、そう言《い》ったあとで、首《くび》をかしげた。

「でも、合《あ》わせるって……どういうことなんだろう？」

「健太《けんた》くん、そのゴブレット、ちょっと見《み》せてくれるかい？」

真実《しんじつ》は、手《て》にしたゴブレットをじっくりと観察《かんさつ》し始《はじ》めた。

悪魔《あくま》の絵《え》の反対側《はんたいがわ》には、小《ちい》さくポツンと、ダイヤの

マークが刻《きざ》まれている。ゴブレットの台座《だいざ》には、1本《ぽん》の短《みじか》い線《せん》も刻《きざ》まれていた。

それを見《み》て、真実《しんじつ》は「なるほどね」と、ニヤリ。

「健太《けんた》くん、悪《わる》いけどこのゴブレットをピカピカになるまで磨《みが》いてくれるかい？」

「えっ、磨《みが》くの？　……うん、わかった」

健太《けんた》は、持《も》っていたハンカチで、ゴブレットを必死《ひっし》に磨《みが》く。

すると、その表面《ひょうめん》は、鏡《かがみ》のようにピカピカになった。

「ありがとう、健太《けんた》くん。そのぐらいでいいよ」

真実《しんじつ》はそう言《い》うと、黒《くろ》ひげの旗《はた》のマークがついた地図《ちず》をテーブルに広《ひろ》げた。

その地図《ちず》を、懐中電灯《かいちゅうでんとう》で照《て》らす。

明《あ》かりの中《なか》に浮《う》かびあがった地図《ちず》の島《しま》は、奇妙《きみょう》にゆがんだ扇形《おうぎがた》をしていた。


「この島《しま》、ヴァイオレットさんは『今《いま》も昔《むかし》もこのカリブ海《かい》には存在《そんざい》しない』って言《い》ってたよね？」

健太《けんた》の言葉《ことば》に、真実《しんじつ》はうなずく。

「うん、たしかにそのとおりだ。このままの状態《じょうたい》ではね」

「……このままの状態《じょうたい》では？」

「黒《くろ》ひげの旗《はた》のマークがついたこの地図《ちず》は、『悪魔《あくま》』の印《しるし》がついたこのゴブレットと合《あ》わせて使《つか》うことで、初《はじ》めて正《ただ》しい形《かたち》の島《しま》の地図《ちず》になるんだ」

「えっ、そうなの!?　でも、合《あ》わせるって……どうするんだろう？」

健太《けんた》は、地図《ちず》とゴブレットを交互《こうご》に見《み》ながら、必死《ひっし》に考《かんが》えた。

「奇妙《きみょう》にゆがんだ扇形《おおぎがた》」の地図《ちず》を元《もと》に戻《もど》す方法《ほうほう》を考《かんが》えよう。

解《かい》決《けつ》編《へん》

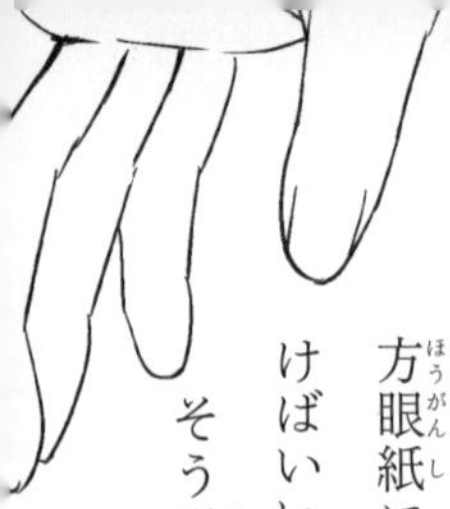

「この奇妙《きみょう》にゆがんだ扇形《おうぎがた》の島《しま》の地図《ちず》――これは『アナモルフォーシス』という手法《しゅほう》を用《もち》いて描《えが》かれたものなんだ」

地図《ちず》をさしながら、真実《しんじつ》は言《い》った。

「アナモルフォーシス？」

「そう。それは、平面《へいめん》だとゆがんだ奇妙《きみょう》な形《かたち》だけど、筒状《つつじょう》の鏡《かがみ》のような物体《ぶったい》に映《うつ》すと、初《はじ》めてちゃんとした絵《え》になる手法《しゅほう》のことさ。少《すこ》し大変《たいへん》だけど、その気《き》になれば、アナモルフォーシスで地図《ちず》や絵《え》を描《えが》くことは誰《だれ》にでもできる」

「えっ、誰《だれ》にでもできるの？」

「そう。トレーシングペーパーなどで左右《さゆう》を逆《ぎゃく》にした絵《え》や地図《ちず》を、扇形《おうぎがた》の方眼紙《ほうがんし》に写《うつ》し取《と》っていけばいいんだ」

そう説明《せつめい》したあと、

真実《しんじつ》は扇形《おうぎがた》の地図《ちず》の真《ま》ん中《なか》の空白部分《くうはくぶぶん》に、鏡《かがみ》のようにに磨《みが》かれたゴブレットを立《た》てた。台座《だいざ》の縁《ふち》に刻《きざ》まれた線《せん》が、地図《ちず》の上《うえ》に描《えが》かれた短《みじか》い線《せん》とつながるよう、位置《いち》を調節《ちょうせつ》する。

　すると、ゴブレットに、島《しま》の地図《ちず》が映《うつ》った。

映《うつ》った島《しま》は、扇形《おうぎがた》ではなく、ハートの形《かたち》をしていた。

中央《ちゅうおう》には三角《さんかく》の山《やま》があり、その上《うえ》のほうには切《き》り込《こ》んだ入《い》り江《え》があった。

入《い》り江《え》のそばには、岩山《いわやま》の洞窟《どうくつ》がある。

「この形《かたち》……もしかして、あの無人島《むじんとう》でござるか！」

ゴブレットに映《うつ》った島《しま》の形《かたち》を見《み》て、サラは驚《おどろ》きの声《こえ》をあげた。

「名前《なまえ》のない島《しま》があるんでござる。地図《ちず》にも載《の》っていない、地元《じもと》の人間《にんげん》しか知《し》らない無人島《むじんとう》で……バミューダトライアングルの中《なか》にある島《しま》のひとつなんでござるよ」

「**バミューダトライアングル!?**」

美希《みき》は、顔《かお》をこわばらせた。

「それって、バハマ諸島《しょとう》の北東《ほくとう》にある『魔《ま》の海域《かいいき》』って呼《よ》ばれている海域《かいいき》のことだよね？船《ふね》や飛行機《ひこうき》が消《き》えちゃうっていう……」

「そう。魔《ま》の海域《かいいき》にある島《しま》だから、誰《だれ》も近《ちか》づかないんでござる。島《しま》にはピンクの砂浜《すなはま》があって、一見《いっけん》、恐《おそ》ろしそうには見《み》えないんでござるが……近《ちか》づいた者《もの》は帰《かえ》れないとウワサされているんでござる……」

健太《けんた》は、ぞっとした。

「真実《しんじつ》くん、ほんとにこの島《しま》に、黒《くろ》ひげの宝《たから》なんかあるの？」

「おそらくね。ゴブレットに刻《きざ》まれたこのダイヤのマークは、地図《ちず》にある岩山《いわやま》の洞窟《どうくつ》とピッタリ重《かさ》なっている。宝《たから》のありかは、この洞窟《どうくつ》である可能性《かのうせい》が高《たか》い」

一同《いちどう》は、シンと静《しず》まり返《かえ》った。


プルルル、プルルル……。


そのとき、サラのスマホが鳴《な》る。

サラが電話《でんわ》に出《で》ると、電話《でんわ》の向《む》こうからは、英語《えいご》で話《はな》すハマッセンの声《こえ》が聞《き》こえてきた。

『サラ、そっちの様子《ようす》はどうだ？　まさか……黒《くろ》ひげの宝《たから》を探《さが》したりしてるんじゃないだろうな？』

サラはしばらく押《お》し黙《だま》ってから、父親《ちちおや》のハマッセンに告《つ》げる。

「その、まさかだよ」

『えっ!?』

「黒《くろ》ひげの財宝《ざいほう》のありかが、わかったの。これから宝《たから》を探《さが》しに、ハートの島《しま》へ行《い》く!」

『ハートの島《しま》って……まさか、あのバミューダトライアングルの!? 何《なに》を考《かんが》えてるんだ!? 絶対《ぜったい》に行《い》っちゃダメだぞ! ママだって、生《い》きていれば同《おな》じことを言《い》うはずだ!』

電話《でんわ》の向《む》こうで、ハマッセンは焦《あせ》りまくりながら「行《い》ってはいけない」と、何度《なんど》もくり返《かえ》した。

サラは、唇《くちびる》を噛《か》みしめながら、父親《ちちおや》の言葉《ことば》を聞《き》いていたが……。

やがて、ブツリと、電話《でんわ》を切《き》ってしまう。

「えっ、切《き》っちゃっていいの!?」

健太《けんた》は驚《おどろ》いて、サラを見《み》た。

「……いいんでござる。『海賊《かいぞく》に憧《あこが》れてはいけない』『冒険《ぼうけん》はするな』……。もう何度《なんど》も何度《なんど》も聞《き》かされてきた言葉《ことば》なんでござる。母上《ははうえ》からも、父上《ちちうえ》からも、耳《みみ》にイカができるくらい……」

「耳《みみ》にイカ？　……あ、耳《みみ》にタコのことだよね？」

「ワタシは、海賊《かいぞく》のように冒険《ぼうけん》がしたかった。ずっと、その気持《きも》ちを心《こころ》の中《なか》に閉《と》じ込《こ》めてきたんでござる。でも、いざとなると勇気《ゆうき》が出《で》なくて……」

サラは、そう言《い》って、こぶしをにぎりしめた。

「サラちゃん……」

美希《みき》は、サラのこぶしを両手《りょうて》で包《つつ》みこむ。


「行《い》こう、冒険《ぼうけん》の旅《たび》に！　せっかく宝《たから》のありかがわかったんだもん。みんなで力《ちから》を合《あ》わせれば、きっと見《み》つけられるよ！」


「美希殿《みきどの》……」

サラは、感激《かんげき》に目《め》をうるませた。

「アン・ボニーには、メアリ・リードという親友《しんゆう》の海賊《かいぞく》がいたと、前《まえ》に話《はな》したのを覚《おぼ》えてるでござるか？　お主《ぬし》とワタシは、メアリとアンのようでござるな」

「うん、そうだね、サラちゃん」

「『サラちゃん』なんて、水《みず》くさいでござるよ。ワタシのことは『サラ』と呼《よ》んでほしいでござる」

「わかった、サラ。わたしのことも『美希《みき》』って呼《よ》んでね」

2人《ふたり》は、互《たが》いの目《め》を見《み》て、ほほえみ合《あ》った。


そのときだった。

健太《けんた》は、ハッと息《いき》をのみ、恐怖《きょうふ》に顔《かお》をひきつらせる。

いつの間《ま》に階段《かいだん》を下《お》りてきたのか、暗《くら》がりに5人《にん》の人影《ひとかげ》が現《あらわ》れたのだ。

……いや、「人影《ひとかげ》」という表現《ひょうげん》は、正《ただ》しくないかもしれない。

5人《にん》のうち、4人《にん》はドクロの顔《かお》をした海賊《かいぞく》で、残《のこ》りの1人《ひとり》には首《くび》がなかったのだ。


「首《くび》のない海賊《かいぞく》……黒《くろ》ひげの亡霊《ぼうれい》!?」

「オババが言《い》っていた亡霊《ぼうれい》は、本当《ほんとう》にいたんだ！」

そのとき、首《くび》なし海賊《かいぞく》がこちらに近《ちか》づいてきて、ドクロの指輪《ゆびわ》をはめた両手《りょうて》をグイッと伸《の》ばしてきた。

（こ……殺《ころ》される！）

健太《けんた》は、身《み》を縮《ちぢ》め、目《め》をつぶる。

だが、首《くび》なし海賊《かいぞく》がつかんだのは、宝《たから》の地図《ちず》とゴブレットだった。

海賊《かいぞく》たちは、それらを奪《うば》うと、素早《すばや》い動《うご》きで階段《かいだん》を駆《か》けあがっていく。

どうやら地図《ちず》を奪《うば》うことが、彼《かれ》らの目的《もくてき》だったようだ。

真実《しんじつ》は、去《さ》っていく首《くび》なし海賊《かいぞく》の頭部《とうぶ》に懐中電灯《かいちゅうでんとう》の光《ひかり》を当《あ》てる。その頭《あたま》は、黒《くろ》いシルエットとなって浮《う》かびあがった。

「あれは、ただの人間《にんげん》さ」

首《くび》なしの海賊《かいぞく》のトリック

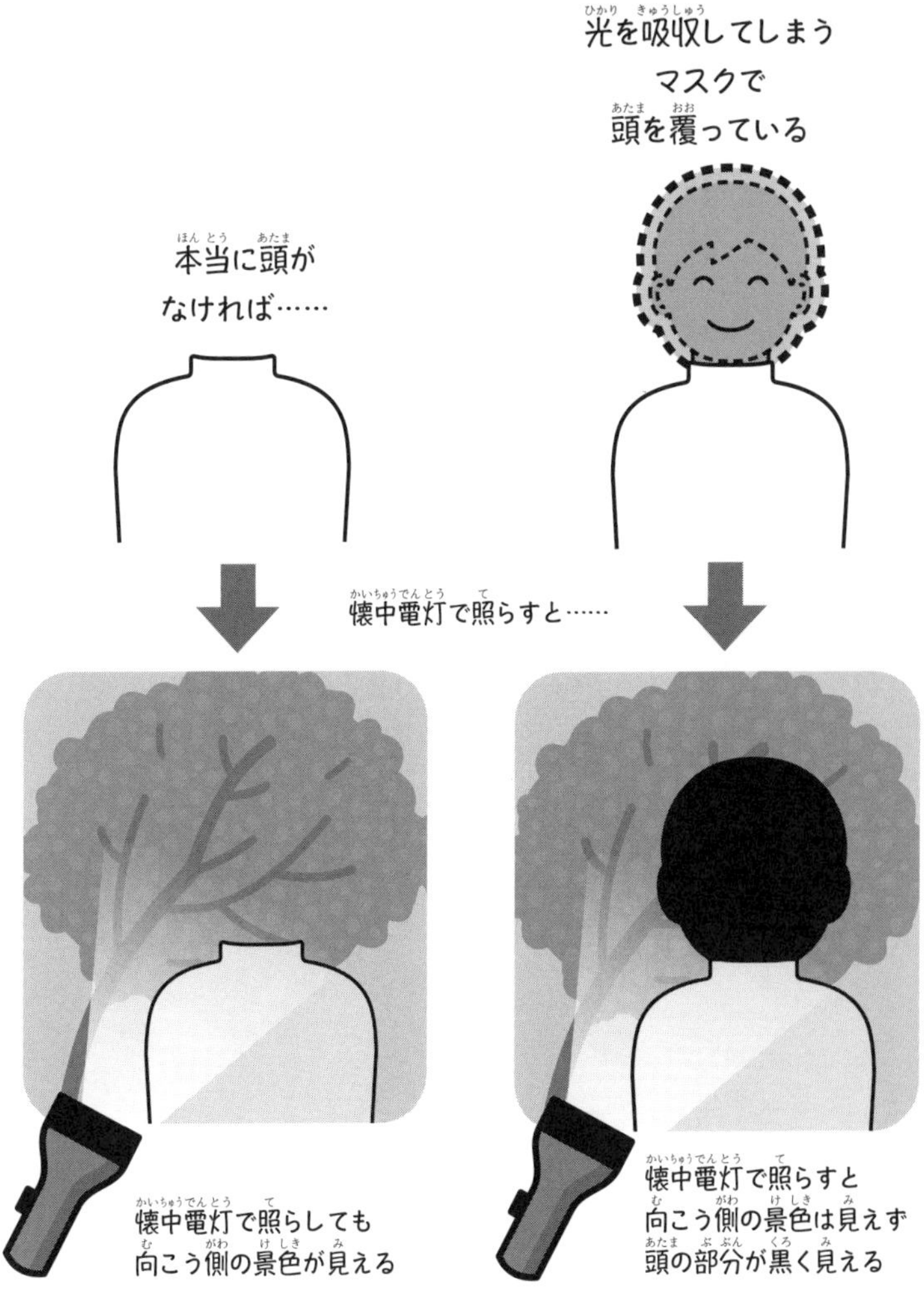
光《ひかり》を吸収《きゅうしゅう》してしまう
マスクで
頭《あたま》を覆《おお》っている
本当《ほんとう》に頭《あたま》が
なければ……
懐中電灯《かいちゅうでんとう》で照《て》らすと……
懐中電灯《かいちゅうでんとう》で照《て》らしても
向《む》こう側《がわ》の景色《けしき》が見《み》える
懐中電灯《かいちゅうでんとう》で照《て》らすと
向《む》こう側《がわ》の景色《けしき》は見《み》えず
頭《あたま》の部分《ぶぶん》が黒《くろ》く見《み》える

「ただの人間《にんげん》!?」

「本当《ほんとう》に首《くび》がなければ、首《くび》の向《む》こう側《がわ》の景色《けしき》が光《ひかり》に照《て》らされて見《み》えるはずだ。だが、見《み》えたのは、頭《あたま》の形《かたち》をした影《かげ》だった。懐中電灯《かいちゅうでんとう》の光《ひかり》を反射《はんしゃ》しないところから考《かん》えて、かなり吸収《きゅうしゅう》率《りつ》の高《たか》い光吸収素材《ひかりきゅうしゅうそざい》のマスクをつけているんだろう。光《ひかり》を吸収《きゅうしゅう》すると、その部分《ぶぶん》が真《ま》っ黒《くろ》に見《み》えるから、暗《くら》い場所《ばしょ》では、首《くび》がないように見《み》えたんだ」

「はあ……なんだ、そういうことだったのか」

健太《けんた》は、拍子《ひょうし》抜《ぬ》けする。

「そうとわかったら、こうしちゃいられないでござる！　早《はや》いとこ、あいつらから、地図《ちず》を取《と》り返《かえ》すでござる！」

サラは、階段《かいだん》をいっきに駆《か》けあがっていく。

しかし、4人《にん》が地上《ちじょう》に出《で》たとき、首《くび》なし海賊《かいぞく》たちの姿《すがた》はすでになかった。

「いてて……」

あわてた健太《けんた》は、地上《ちじょう》に出《で》たところで転《ころ》んでしまい、ひざをすりむいた。

そんな健太《けんた》を、サラは気《き》にしながらも、鼻息荒《はないきあら》く、あたりを見回《みまわ》す。

「あいつら、どこへ行《い》ったんでござるか!?」

「大丈夫《だいじょうぶ》。心配《しんぱい》はいらないよ。地図《ちず》は、もうぼくの頭《あたま》の中《なか》に入《はい》っている」

地図《ちず》を取《と》り返《かえ》す必要《ひつよう》はないと、真実《しんじつ》はサラに言《い》った。だが、美希《みき》は心配《しんぱい》そうに言《い》う。

「でも、地図《ちず》がほかの人間《にんげん》の手《て》に渡《わた》ったら、宝《たから》を横取《よこど》りされちゃうかもしれないのよね？」


「こうなったら、今《いま》すぐ出航《しゅっこう》でござる！」


サラの言葉《ことば》を聞《き》いて、健太《けんた》たちはあっけに取《と》られた。

「出航《しゅっこう》!?」

海賊《かいぞく》に憧《あこが》れていたサラは、手造《てづく》りの船《ふね》を、海岸近《かいがんちか》くの秘密基地《ひみつきち》に隠《かく》していた。

「何年《なんねん》も前《まえ》から少《すこ》しずつ材料《ざいりょう》を集《あつ》め、古《ふる》い漁船《ぎょせん》を改造《かいぞう》して造《つく》ったでござる。ようやく出航《しゅっこう》するときが来《き》たんでござるなあ……」

『サラ・ボニー号《ごう》』と船名《せんめい》が書《か》かれた船《ふね》を前《まえ》に、サラは感無量《かんむりょう》といった様子《ようす》だ。

「で、でも……この船《ふね》、ちゃんと動《うご》くの？」

健太《けんた》は不安《ふあん》を感《かん》じたが、海《うみ》に浮《う》かべてみると、船《ふね》はしっかりと水《みず》に浮《う》いた。

サラがロープを引《ひ》っ張《ぱ》ると、帆《ほ》もスルスルとあがる。

帆《ほ》はツギハギだらけだったが、風《かぜ》をはらんで、ハタハタと音《おと》を立《た》てた。

サラは、手作《てづく》りの海賊帽《かいぞくぼう》をかぶると、舵輪《だりん》の前《まえ》に立《た》った。

「さあ、みんな乗《の》って！　宝探《たからさが》しの旅《たび》に出発《しゅっぱつ》するでござる！」

サラの呼《よ》びかけに、真実《しんじつ》、健太《けんた》、美希《みき》は船《ふね》に乗《の》り込《こ》む。

サラは舵《かじ》を握《にぎ》りながら、声《こえ》を張《は》り上《あ》げた。

「ハートの島《しま》を目指《めざ》して、全速前進《ぜんそくぜんしん》！」

帆《ほ》に追《お》い風《かぜ》をはらんだ「サラ・ボニー号《ごう》」は、海《うみ》の彼方《かなた》へと船出《ふなで》したのだった。

2

SCIENCE TRICK DATA FILE

科学《かがく》トリック データファイル

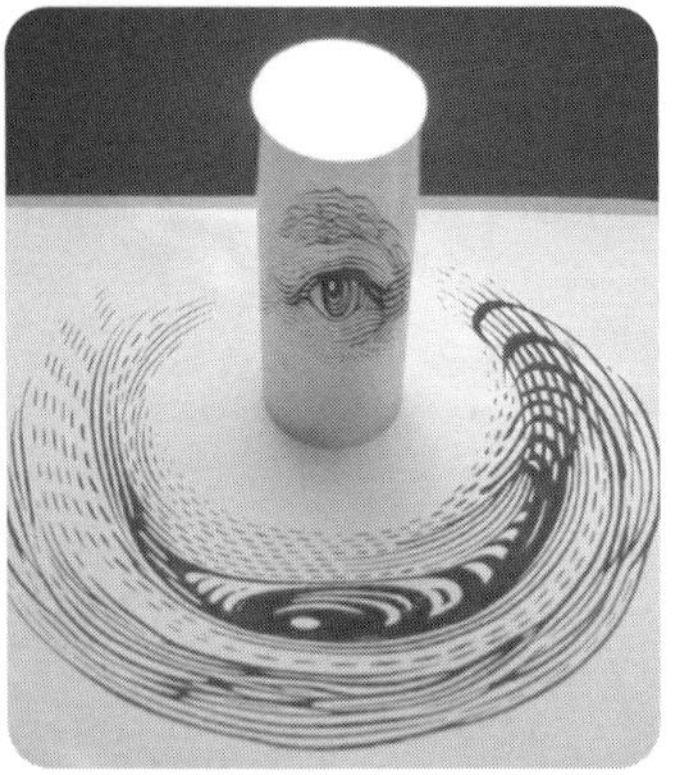

「ゆがみ絵《え》」を描《か》いてみよう

円柱《えんちゅう》の鏡《かがみ》に映《うつ》すと正《ただ》しい絵《え》に見《み》える「アナモルフォーシス（ゆがみ絵《え》）」は、普通《ふつう》の方眼紙《ほうがんし》と、分度器《ぶんどき》のような扇形《おうぎがた》の方眼紙《ほうがんし》があれば描《か》くことができます。

鏡《かがみ》も、円柱《えんちゅう》のものにアルミホイルやミラーシートを貼《は》って手作《てづく》りできます。

アナモルフォーシスの描《か》き方《かた》

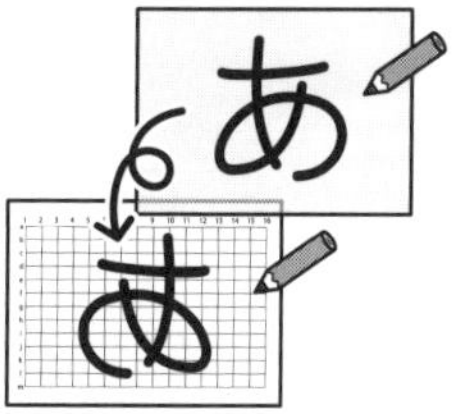
あ
あ

①絵《え》を反転《はんてん》させる

透過紙《とうかし》（トレーシングペーパー）に絵《え》を描《か》き、裏返《うらがえ》した絵《え》を普通《ふつう》の方眼《ほうがん》用紙《ようし》に描《か》く

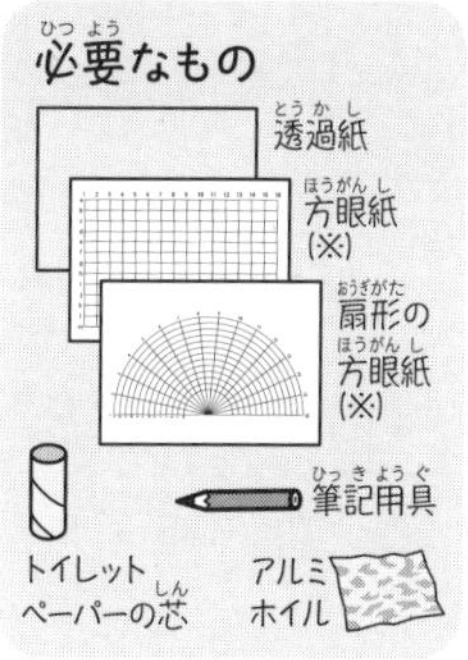
必要《ひつよう》なもの
透過紙《とうかし》
方眼紙《ほうがんし》（※）
扇形《おうぎがた》の方眼紙《ほうがんし》（※）
筆記用具《ひっきようぐ》
トイレットペーパーの芯《しん》
アルミホイル

江戸時代《えどじだい》には刀《かたな》のさやに映《うつ》す「さや絵《え》」が人気《にんき》だったんだ

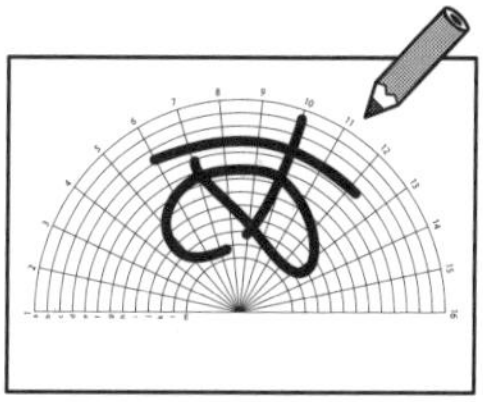
め

②扇形《おうぎがた》の方眼紙《ほうがんし》に写《うつ》す

方眼紙《ほうがんし》のマス目《め》ごとの模様《もよう》を、扇《おうぎ》形《がた》の方眼紙《ほうがんし》の同《おな》じマス目《め》のところに写《うつ》しとっていく

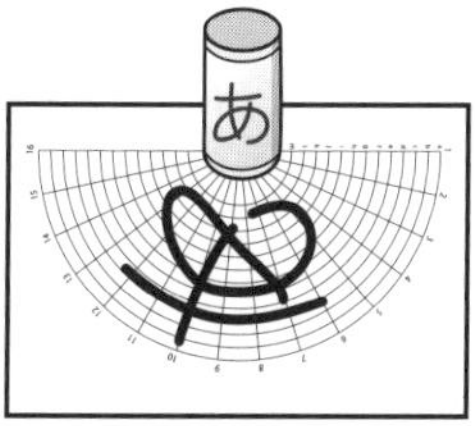
あ

③筒状《つつじょう》の鏡《かがみ》に映《うつ》す

トイレットペーパーの芯《しん》にアルミホイルを貼《は》り、扇形《おうぎがた》の方眼紙《ほうがんし》の丸《まる》い中《ちゅう》心部分《しんぶぶん》に置《お》く

※方眼紙《ほうがんし》と扇形《おうぎがた》の方眼紙《ほうがんし》はこの本《ほん》の巻末《かんまつ》についています。コピーして挑戦《ちょうせん》してみてね！

死《し》の洞《どう》窟《くつ》と

幽霊船《ゆうれいせん》の海賊《かいぞく》3

巨《きょ》大《だい》ガイコツ像《ぞう》の謎《なぞ》

ザバーンッ！　ザババーンッ！

急《きゅう》に雲行《くもゆ》きがあやしくなった。海《うみ》が荒《あ》れ、大《おお》きな波《なみ》が何度《なんど》もサラ・ボニー号《ごう》を襲《おそ》い、海水《かいすい》がそのたびに甲板《かんぱん》へと流《なが》れ込《こ》む。

健太《けんた》はせっせとバケツで海水《かいすい》をくんでは外《そと》に出《だ》している。

「ゲッホッホッ、船《ふな》よいで気持《きも》ち悪《わる》っ……」

甲板《かんぱん》がグラグラと大《おお》きく揺《ゆ》れるなか、健太《けんた》は青《あお》ざめた表情《ひょうじょう》で手《て》を止《と》める。

「コラ、雑用係《ざつようがかり》サボらない!!　このままじゃ転覆《てんぷく》しちゃうよ！」

望遠鏡《ぼうえんきょう》を首《くび》から下《さ》げ、舵《かじ》をあやつる美希《みき》は健太《けんた》をせかした。

「チェッ、なんでぼくは雑用係《ざつようがかり》なのさ」

「サラが船長《せんちょう》なら、わたしは船長《せんちょう》を補佐《ほさ》する航海士《こうかいし》。そして真実《しんじつ》くんは島《しま》の地図《ちず》を記憶《きおく》してるから、健太《けんた》くんは雑用係《ざつようがかり》しかないでしょ」

潮風《しおかぜ》を受《う》けて真実《しんじつ》の髪《かみ》が揺《ゆ》れる。

真実《しんじつ》はサラと一緒《いっしょ》に船《ふね》の先端《せんたん》に立《た》ち、真剣《しんけん》なまなざしを大海原《おおうなばら》に向《む》けていた。

あたりには大小《だいしょう》さまざまな無人島《むじんとう》がいくつも存在《そんざい》する。

船長《せんちょう》のサラが大声《おおごえ》をあげる。

「おもぉぉかじーいっぱーい！」

「サラ、よくそんな昔《むかし》の言《い》い方《かた》知《し》ってるね。でも、おもかじってどっちだっけ??」

不思議《ふしぎ》そうに首《くび》をかしげる美希《みき》に、真実《しんじつ》は告《つ》げる。

「船《ふね》の進行方向《しんこうほうこう》を右側《みぎがわ》に変《か》えることを面舵《おもかじ》、その反対《はんたい》を取《と》舵《かじ》というんだよ」

「でも、不思議《ふしぎ》な言《い》い方《かた》だよね」

「美希《みき》さん、古《ふる》くからの日本《にほん》の船《ふね》での言《い》い方《かた》さ。由来《ゆらい》は干《え》支《と》からでね。船《ふね》の舵《かじ》の輪《わ》っかを干支《えと》に見立《みた》てて右側《みぎがわ》が卯《う》の舵《かじ》と呼《よ》ばれ、次第《しだい》になまって『面舵《おもかじ》』になった。取舵《とりかじ》は干《え》支《と》の左側《ひだりがわ》にある酉《とり》から……」

干支《えと》で向《む》きを表《あらわ》す方法《ほうほう》

干支《えと》
古《ふる》く中国《ちゅうごく》から伝《つた》わった数《かぞ》え方《かた》で、甲《こう》・乙《おつ》・丙《へい》などの「十干《じっかん》」と子《ね》・丑《うし》・寅《とら》などの「十二支《じゅうにし》」を組《く》み合《あ》わせ、暦《こよみ》や時間《じかん》、方角《ほうがく》を表《あらわ》した。日本《にほん》では十二支《じゅうにし》だけをさすことが多《おお》い。

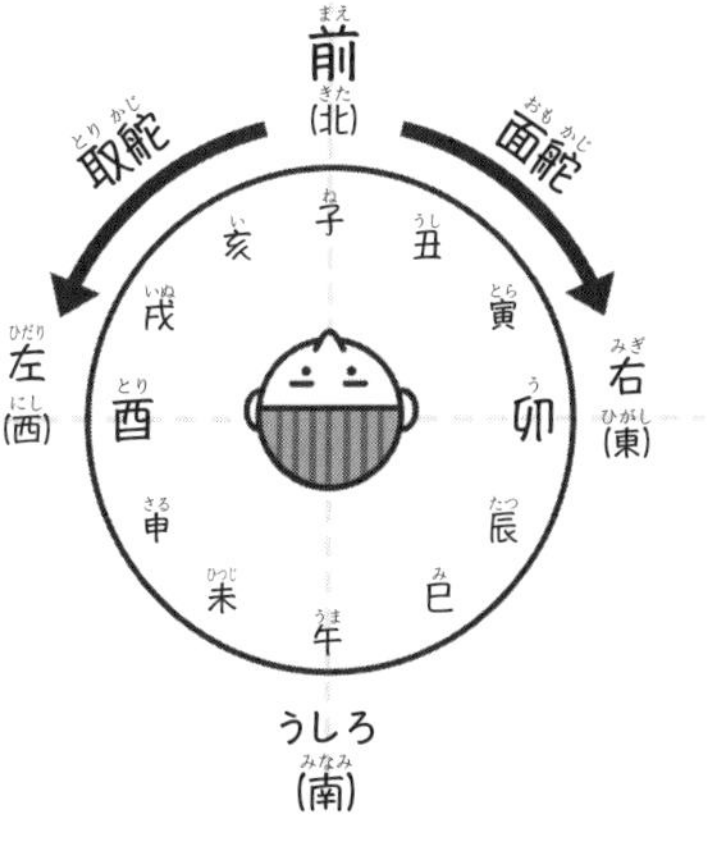

前《まえ》
(北《きた》)
取舵《とりかじ》
面舵《おもかじ》
子《ね》
丑《うし》
寅《とら》
卯《う》
辰《たつ》
巳《み》
午《うま》
未《ひつじ》
申《さる》
酉《とり》
戌《いぬ》
亥《い》
左《ひだり》
(西《にし》)
右《みぎ》
(東《ひがし》)
うしろ
(南《みなみ》)

「もう2人《ふたり》ともっ！　そんなことよりも、急《いそ》ぐでござる。首《くび》なし海賊《かいぞく》たちはきっともう島《しま》に着《つ》いているでござるよ！　島《しま》はまだでござるか」

サラは地団駄《じだんだ》をふんだ。


「あ、前方《ぜんぽう》に島《しま》を発見《はっけん》っ!!」


望遠鏡《ぼうえんきょう》をのぞいていた美希《みき》が、遠《とお》くに見《み》える島《しま》を指《ゆび》さして声《こえ》をあげた。

真実《しんじつ》も美希《みき》から望遠鏡《ぼうえんきょう》を受《う》け取《と》ってのぞく。

「うん、島《しま》の形《かたち》から、あの島《しま》でまちがいないね」

「やった、やったでござる!!」

あと100メートルほどで島《しま》に着《つ》くというときだった。

ブォゴ、ジョボボボボボ

健太《けんた》はハッとして、音《おと》のするほうを見《み》る。

なんと、甲板《かんぱん》の端《はし》から水《みず》があふれているのだ。

「わっ、船《ふね》が水《みず》もれしてるよ！」

船《ふね》はもともとボロボロで、荒波《あらなみ》にもまれ、ついに破損《はそん》したのだ。

「てぇへんだでござる！　このままだと船《ふね》が沈《しず》んで、みんな海《うみ》に投《な》げ出《だ》されてしまうでござる!!　みなの者《もの》、ただちにサラ・ボニー号《ごう》より脱出《だっしゅつ》するでござる！」

サラの指示《しじ》で、真実《しんじつ》と美希《みき》は次々《つぎつぎ》に海《うみ》へと飛《と》び込《こ》んだ。

健太《けんた》だけは1人《ひとり》、オロオロととまどっている。

「健太殿《けんたどの》も早《はや》く飛《と》び込《こ》むでござる！」

サラはそう言《い》い、海《うみ》へ飛《と》び込《こ》んだ。

真実《しんじつ》が立《た》ち泳《およ》ぎしながら健太《けんた》に向《む》かって声《こえ》をかける。

「健太《けんた》くん、大丈夫《だいじょうぶ》。服《ふく》が水《みず》を吸《す》って重《おも》たくなっても、静《しず》かに水《みず》に体《からだ》をあずけていれば、服《ふく》が空気《くうき》をふくんで浮《う》くよ」

健太《けんた》は真実《しんじつ》の言葉《ことば》にしっかりとうなずく。

「エイヤッ!!」

勇気《ゆうき》を出《だ》してジャンプして海《うみ》へと飛《と》び込《こ》んだ。

健太《けんた》の頭《あたま》を大《おお》きな波《なみ》が襲《おそ》い、一瞬《いっしゅん》にして海中《かいちゅう》にのみ込《こ》まれる。

ゴボゴボと海水《かいすい》を飲《の》んだ健太《けんた》は、どちらが上《うえ》かわからなくなった。

必死《ひっし》に手足《てあし》をばたつかせ、なんとか光《ひかり》が見《み》える水面《すいめん》のほうへとあがる。

服《ふく》が水《みず》をふくんで一気《いっき》に重《おも》たくなったが、真実《しんじつ》に言《い》われたとおり、顔《かお》を上《うえ》に向《む》けて静《しず》かにしていると自然《しぜん》と体《からだ》が浮《う》いた。

サラ・ボニー号《ごう》は波《なみ》にのまれてバラバラの木片《もくへん》となった。

「あぁ……ワタシのサラ・ボニー号《ごう》が」

真実《しんじつ》、サラ、美希《みき》の３人《にん》はプカプカと浮《う》かんでいた大《おお》きな木片《もくへん》を見《み》つけ、そこまで泳《およ》いでつかまった。

「これにつかまったままみんなで泳《およ》げば、あの島《しま》にもたどり着《つ》けるでござる」

「健太《けんた》くんもこっちへ来《く》るんだ！」

真実《しんじつ》が１人《ひとり》離《はな》れたところで小《ちい》さな木片《もくへん》につかまっている健太《けんた》に声《こえ》をかけた。

「早《はや》く島《しま》へ向《む》かうでござる！　このへんはサメがウジャウジャいるでござる！」

「サ、サ、サ、サメーッ⁉」

必死《ひっし》に泳《およ》ぐ健太《けんた》は、サラの言葉《ことば》にすっとんきょうな声《こえ》をあげた。

「そんなの先《さき》に言《い》ってよ！」

美希《みき》も不満《ふまん》そうに言《い》った。そして、ふと離《はな》れた場所《ばしょ》にいた健太《けんた》の背後《はいご》に気《き》づいて指《ゆび》さす。

「え、もしやアレって⁉」

美希《みき》の声《こえ》に、隣《となり》のサラと真実《しんじつ》も健太《けんた》のほうを見《み》る。

なんと、健太《けんた》のうしろの水面《すいめん》に大《おお》きな背《せ》びれがいくつも迫《せま》っている。

「まっこと、サ、サメの群《む》れでござる‼」

「危《あぶ》ない‼　健太《けんた》くん、うしろ‼」

美希《みき》の叫《さけ》び声《ごえ》に、健太《けんた》はあわててうしろを振《ふ》り返《かえ》る。

「えっ⁉」

数頭《すうとう》のサメがこちらに向《む》かってくる。

健太《けんた》はパニックになって手足《てあし》をばたつかせるが、波《なみ》が強《つよ》くてなかなか進《すす》まない。

健太《けんた》の脳裏《のうり》に、思《おも》い出《で》が走馬灯《そうまとう》のように駆《か》け巡《めぐ》る。

（真実《しんじつ》くんや美希《みき》ちゃんといろいろな事件《じけん》を解決《かいけつ》したな……。大変《たいへん》だったけど楽《たの》しかった……。

でもぼくの人生《じんせい》も、カリブ海《かい》でサメのエサになって終《お》わりか……）


「健太《けんた》くん、絶対《ぜったい》にあきらめちゃダメだ!!」

健太《けんた》は真実《しんじつ》の声《こえ》にハッとして、離《はな》れたところにいる真実《しんじつ》を見《み》る。

真実《しんじつ》と目《め》が合《あ》って、健太《けんた》は少《すこ》し落《お》ち着《つ》きを取《と》り戻《もど》す。

「真実殿《しんじつどの》、何《なに》か助《たす》ける方法《ほうほう》はないでござるかっ!?」

「どうしよう、サメがどんどん健太《けんた》くんに向《む》かってきてるよ！」

サラと美希《みき》が真実《しんじつ》を見《み》る。

真実《しんじつ》はけわしい表情《ひょうじょう》であたりを見回《みまわ》し、ふとサラの荷物《にもつ》に目《め》を留《と》める。

「サラさん、失礼《しつれい》するよ！」

真実《しんじつ》はサラの防水《ぼうすい》リュックの中《なか》を探《さぐ》り、あるものを見《み》つけた。乾電池《かんでんち》だ。

「これがあれば助《たす》けられるかもしれない」

「え、そんなので!?　懐中電灯《かいちゅうでんとう》に使《つか》うために新品《しんぴん》を用意《ようい》しておいたでござるが」

「健《けん》太《た》くん、この乾《かん》電《でん》池《ち》を海《うみ》につけるんだ！」

真実《しんじつ》が乾電池《かんでんち》をリュックから取《と》り出《だ》して投《な》げた。

健太《けんた》はなんとか手《て》をのばし、ガシッと乾電池《かんでんち》を受《う》け取《と》った。

走馬灯《そうまとう》
中心《ちゅうしん》にろうそくなどの明《あ》かりを置《お》き、その熱《ねつ》によって枠《わく》が回転《かいてん》する灯篭《とうろう》のこと。枠《わく》が二重《にじゅう》になっていて、内側《うちがわ》の影絵《かげえ》が回《かい》転《てん》し、外側《そとがわ》の枠《わく》に次々《つぎつぎ》と映《うつ》し出《だ》される。

健太《けんた》は迷《まよ》うことなく、すぐさまそれを海《うみ》につける！
すると……、
ザブンッ!!と波《なみ》しぶきをあげて、サメたちが急《きゅう》に引《ひ》き返《かえ》していった。
「……え!?　サメが遠《とお》ざかっていった！」
美希《みき》が驚《おどろ》きの声《こえ》をあげる。
その隙《すき》に、健太《けんた》は泳《およ》いで、真実《しんじつ》たちがつかまっている木片《もくへん》までたどり着《つ》いた。

真実《しんじつ》たちは木片《もくへん》につかまったまま泳《およ》ぎ、なんとか目的《もくてき》の島《しま》へたどり着《つ》いた。
真実《しんじつ》、健太《けんた》、美希《みき》、サラは泳《およ》ぎ疲《つか》れて砂浜《すなはま》へと倒《たお》れこんだ。
健太《けんた》はたくさん飲《の》んだ海水《かいすい》をゲホゲホとはきだす。

サメを乾電池《かんでんち》で撃退《げきたい》する方法《ほうほう》

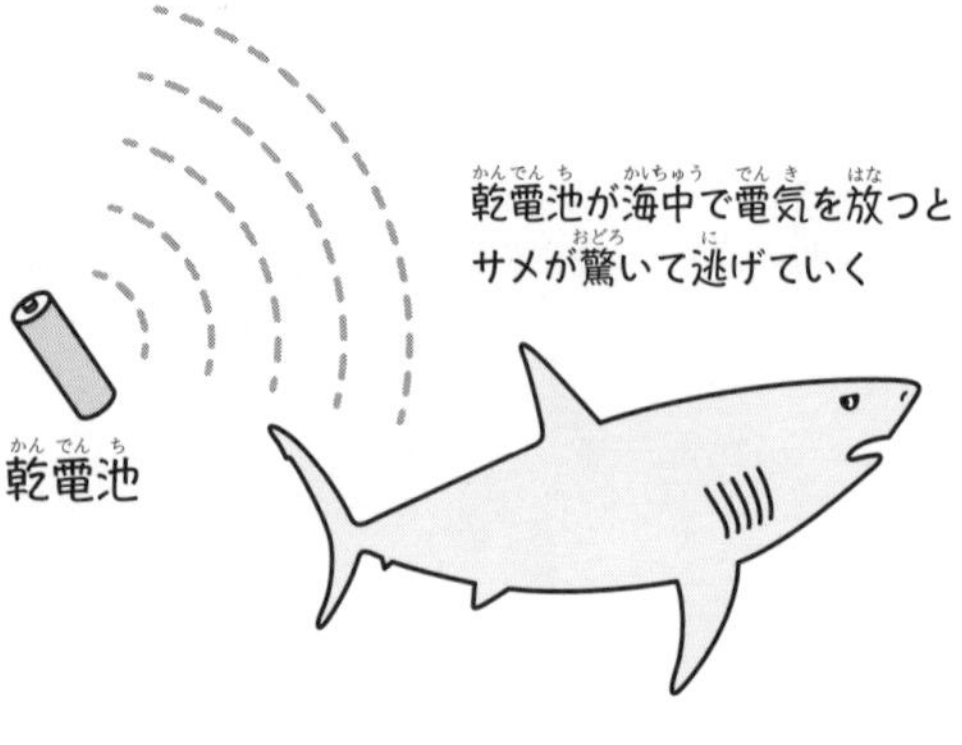
乾電池《かんでんち》が海中《かいちゅう》で電気《でんき》を放《はな》つと
サメが驚《おどろ》いて逃《に》げていく
乾電池《かんでんち》

ようやく一息《ひといき》つくと、健太《けんた》は隣《となり》の真実《しんじつ》を見《み》る。

「本当《ほんとう》にありがとう。真実《しんじつ》くんのおかげで命拾《いのちびろ》いしたよ！」

真実《しんじつ》はぬれた髪《かみ》をかきあげて、ニッコリと健太《けんた》にほほえんだ。

「うん、サラさんのリュックに新品《しんぴん》の電池《でんち》があったのは不幸中《ふこうちゅう》の幸《さいわ》いだったね」

「でも、なんで電池《でんち》なんかでサメが逃《に》げたの？」

「サメの頭部《とうぶ》には、電流《でんりゅう》をキャッチできるロレンチーニ器官《きかん》と呼《よ》ばれる部位《ぶい》があるんだ」

「あ、ぼくも知《し》ってる。たしか、それで獲物《えもの》の魚《さかな》を探《さが》すんだよね」

「そうなんだ。乾電池《かんでんち》が放《はな》つ電気《でんき》は魚《さかな》が発《はっ》する微弱《びじゃく》な電《でん》気《き》よりも数千倍《すうせんばい》も強《つよ》いので、サメたちは驚《おどろ》いて逃《に》げたん

ロレンチーニ器官《きかん》
サメやエイの仲間《なかま》が、獲物《えもの》が発《はっ》する弱《よわ》い電気《でんき》を感《かん》じ取《と》る器官《きかん》。頭《あたま》の先《さき》にあり、小《ちい》さな穴《あな》の奥《おく》にゼリー状《じょう》の物質《ぶっしつ》が詰《つ》まっている。

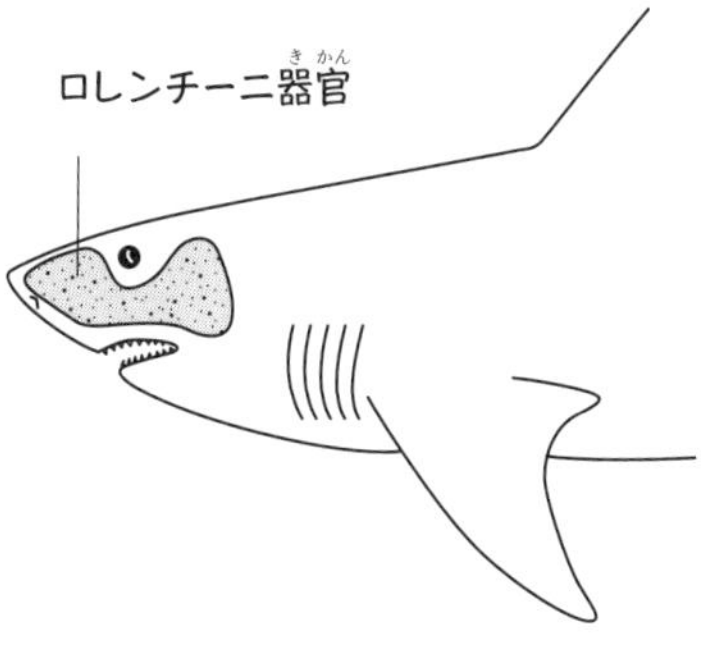

だ」

サラは休憩《きゅうけい》もそこそこに起《お》き上《あ》がって、何《なに》かを見《み》つけて駆《か》け出《だ》した。

海岸《かいがん》に誰《だれ》も乗《の》っていない船《ふね》がとまっていた。

「ヤツら、やっぱりもう着《つ》いていたでござる！」

しかし、まわりに首《くび》なし海賊《かいぞく》たちの気配《けはい》はなかった。

「こんな小島《こじま》にまっこと宝《たから》があるのでござるか……。ここは砂浜《すなはま》と山《やま》しかない無人島《むじんとう》でござるよ。アイツら一体《いったい》どこに向《む》かったでござるか」

美希《みき》が砂浜《すなはま》に残《のこ》されたたくさんの足跡《あしあと》を見《み》つけて声《こえ》をあげる。

「これ、きっと首《くび》なし海賊《かいぞく》たちの足跡《あしあと》だよ！　これをたどればいいんじゃない？」

「美希《みき》、さすがでござる！」

足跡《あしあと》をたどると、洞窟《どうくつ》の入《い》り口《ぐち》があった。

「ここにマークがあるでござる！」

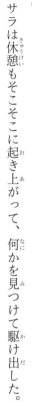

サラは真《ま》っ先《さき》に駆《か》け寄《よ》ると、洞窟《どうくつ》の入《い》り口《ぐち》の岩肌《いわはだ》を指《ゆび》さした。

そこには黒《くろ》ひげの旗《はた》のマークが刻《きざ》まれている。

真実《しんじつ》はそれを見《み》て、うなずく。

「この洞窟《どうくつ》の先《さき》に、何《なに》かあるのは間違《まちが》いないようだね」

「やった、やったでござる!!」
美希《みき》は口《くち》もとに人《ひと》さし指《ゆび》を立《た》てる。
「シッ、サラ、首《くび》なし海賊《かいぞく》たちがまだ近《ちか》くにいるかも。静《しず》かに進《すす》もう」

真実《しんじつ》たちは懐中電灯《かいちゅうでんとう》で照《て》らしながら薄暗《うすぐら》い洞窟《どうくつ》の中《なか》を進《すす》んだ。

入《い》り口《ぐち》は狭《せま》いが、中《なか》は広《ひろ》くなっていた。壁《かべ》も床《ゆか》も人《ひと》の手《て》によって整《ととの》えられているようだ。

真実《しんじつ》たちは何《なに》かに気《き》づき、立《た》ち止《ど》まる。

「え、なんだろ……これ？」

健太《けんた》が声《こえ》をもらす。

洞窟内《どうくつない》の道幅《みちはば》いっぱいに、一辺《いっぺん》3メートルほどの大《おお》きな石板《せきばん》が左右《さゆう》に並《なら》んでいた。

美希《みき》は石《いし》を見《み》ながら、サラにたずねる。

「それぞれの石《いし》に何《なに》か絵《え》が彫《ほ》られていて、
その下《した》に英語《えいご》が刻《きざ》まれてるね……。

なんて書《か》いてあるのかな？」

「えっと、右《みぎ》の石《いし》にはHorse《ホース》、馬《うま》。Cucumber《キューカンバー》、きゅうり。

Devil《デビル》、悪魔《あくま》と書《か》かれているでござるな。

左《ひだり》の石《いし》にはRabbit《ラビット》、うさぎ。Tomato《トマト》、トマト。

そしてAngel《エンジェル》、天使《てんし》と書《か》かれてあるでござるよ」

健太《けんた》は首《くび》をかしげる。

「なんだろ、この絵《え》??」

「ただの模様《もよう》でござるよ。時間《じかん》がもったいないので早《はや》く先《さき》に進《すす》むでござるよ」

そう言《い》ってサラは歩《ある》き出《だ》す。

サラの足《あし》が左《ひだり》の石板《せきばん》を踏《ふ》んだ途端《とたん》、ガゴンッと大《おお》きな音《おと》が響《ひび》く。

体重《たいじゅう》をかけると石板《せきばん》が沈《しず》み、サラがバランスをくずしてふらつく。

サラの頭上《ずじょう》で、洞窟《どうくつ》の天井《てんじょう》のフタがガゴンッと突然《とつぜん》開《ひら》いた。

異変《いへん》を察知《さっち》した真実《しんじつ》は叫《さけ》ぶ。

「サラさん、寝転《ねころ》ぶんだ!!」

ゴゴーンッ！


何十本《なんじっぽん》もの、とがった鉄《てっ》くいがサラめがけて落下《らっか》してくる！

真実《しんじつ》の声《こえ》に、とっさに反応《はんのう》したサラは仰向《あおむ》けに寝転《ねころ》んだ！

太《ふと》いくさりでつられた、鉄《てつ》くいがついた板《いた》がガシーンと地面《じめん》スレスレに落《お》ちた……。


「サラ!!」

「サラちゃん!!」


美希《みき》と健太《けんた》が声《こえ》をあげた。

サラは青《あお》ざめた表情《ひょうじょう》で、目《め》の先《さき》、１センチのところで止《と》まった鉄《てっ》くいを見上《みあ》げていた。真《しん》実《じつ》の声《こえ》かけのおかげで、サラは鉄《てっ》くいと地面《じめん》のわずかな隙間《すきま》に入《はい》り込《こ》むことができ、奇跡的《きせきてき》に助《たす》かったのだ。

「……真実殿《しんじつどの》、かたじけない。死《し》ぬところだったでござる。でもなぜ寝転《ねころ》べば助《たす》かると思《おも》ったでござるか？」

「このワナがこれまでに何度《なんど》も作動《さどう》しているなら、床《ゆか》に激突《げきとつ》して壊《こわ》れてしまうはずないと思《おも》ってね」

真実《しんじつ》は答《こた》えた。

恐怖《きょうふ》でかたまっていた美希《みき》と健太《けんた》も、ホッと胸《むね》をなでおろす。

無数《むすう》の鉄《てつ》くいが仕込《しこ》まれた板《いた》は、歯車《はぐるま》でカラカラと引《ひ》っ張《ぱ》られて天井《てんじょう》へと戻《もど》っていく。

「ひ、ひゃあっ!!」

天井《てんじょう》を見上《みあ》げた健太《けんた》が何《なに》かに気《き》づいて悲鳴《ひめい》をあげ、尻《しり》もちをついた。

鉄《てつ》くいの間《あいだ》に白骨化《はっこつか》した死体《したい》が突《つ》きささっていたのだ……。

美希《みき》も恐怖《きょうふ》で絶句《ぜっく》し、天井《てんじょう》へと戻《もど》っていく、ほこりとクモの巣《す》まみれの白骨《はっこつ》を見上《みあ》げた。

天井《てんじょう》のフタがふたたびガゴンッと閉《と》じ、鉄《てつ》くいは見《み》えなくなった。

「……こ、この洞窟《どうくつ》、侵入者《しんにゅうしゃ》の命《いのち》を狙《ねら》うワナが仕掛《しか》けられているんだ……」

健太《けんた》がポツリと言《い》った。

1人冷静《ひとりれいせい》な真実《しんじつ》は、懐中電灯《かいちゅうでんとう》で薄暗《うすぐら》い通路《つうろ》の隅《すみ》を照《て》らす。

白骨《はっこつ》がいくつも散乱《さんらん》していた……。

真実《しんじつ》は通路《つうろ》の側面《そくめん》の壁《かべ》に書《か》かれた文字《もじ》に気《き》づく。

「みんな、ここに何《なに》か書《か》かれているよ」

健太《けんた》は足元《あしもと》の白骨《はっこつ》にギョッとしながらも真実《しんじつ》のもとに行《い》く。

美希《みき》は倒《たお》れていたサラを立《た》たせ、一緒《いっしょ》に真実《しんじつ》のもとへと歩《あゆ》み寄《よ》る。

真実《しんじつ》が文字《もじ》を読《よ》み上《あ》げる。

「海《うみ》にいるほうを選《えら》べ。間違《まちが》えれば、死《し》だ」

「な、なんで間違《まちが》えただけで死《し》ななきゃなんないんだよ……」

健太《けんた》はぼうぜんとした。

「何百年《なんびゃくねん》もの間《あいだ》、宝《たから》を求《もと》めた、いく人《にん》もの盗賊《とうぞく》やハンターたちが、この問題《もんだい》のワナにかかって死《し》んでいったんだろうね」

真実《しんじつ》は静《しず》かにつぶやいた。

健太《けんた》は、いつになくけわしい真実《しんじつ》の横顔《よこがお》を見《み》て、ゴクリとつばをのむ。

美希《みき》は石《いし》に刻《きざ》まれた絵《え》を眺《なが》めながら、考《かんが》えをめぐらせて話《はな》す。

「……この絵《え》は問題《もんだい》だったんだ……。スイッチになっていて、サラは間違《まちが》ったほうを選《えら》んじゃったわけか」

健太《けんた》も腕組《うでぐ》みしながら考《かんが》える。

「でもさ、海《うみ》にいるほうを選《えら》べって言《い》われても、ここに書《か》いてあるもの全部《ぜんぶ》海《うみ》にいないし。もう何《なに》がなんだか、さっぱりだよ」

「英語《えいご》がわからないと難《むずか》しい問題《もんだい》かもしれないね。さあ、とにかく先《さき》を急《いそ》ごう」

そう言《い》って真実《しんじつ》は右《みぎ》の石板《せきばん》のほうを踏《ふ》んで、向《む》こう側《がわ》に渡《わた》った。

健太《けんた》たちも真実《しんじつ》のあとを追《お》って右《みぎ》の石板《せきばん》を踏《ふ》んで同《おな》じように渡《わた》る。

健太《けんた》は歩《ある》きながら真実《しんじつ》にたずねる。

「真実《しんじつ》くん、英語《えいご》がわからないと難《むずか》しいってどういうこと?」

「馬《うま》、きゅうり、悪魔《あくま》はそれぞれ英語《えいご》でHorse《ホース》、Cucumber《キューカンバー》、Devil《デビル》。それぞれの頭《あたま》に海《うみ》を意味《いみ》するSea《シー》をつけるんだ」

「なるほどでござる! Sea horse《シーホース》、Sea cucumber《シーキューカンバー》、Sea devil《シーデビル》。Sea《シー》がつくと、海《うみ》にいるものに変《か》わるでござるな!!」

「え、そうなの!?」

「うん、健太《けんた》くん。それぞれ、タツノオトシゴ、ナマコ、タコやエイという意味《いみ》になるんだ」

「へ〜、そうだったのか!」

しばらく洞窟《どうくつ》を進《すす》むと、健太《けんた》が声《こえ》をあげた。

「**あ、今度《こんど》はつり橋《ばし》がかかってるよ!**」

今《いま》にも朽《く》ちて落《お》ちそうなつり橋《ばし》が2本《ほん》かかっていた。

美希《みき》がつり橋《ばし》の手前《てまえ》の地面《じめん》を見《み》て気《き》づいた。

「また、それぞれのつり橋《ばし》の前《まえ》に絵《え》が描《か》かれているね。左《ひだり》のつり橋《ばし》の前《まえ》には黒猫《くろねこ》。そして右《みぎ》のつり橋《ばし》の前《まえ》には、バナナかな？」

洞窟《どうくつ》の壁《かべ》には問題《もんだい》が書《か》かれていた。

「不幸《ふこう》をさけて進《すす》め。間違《まちが》えたら地獄《じごく》に落《お》ちる……と書《か》かれているね」

真実《しんじつ》が読《よ》みあげる。

「黒猫《くろねこ》と、バナナ、どちらが不幸《ふこう》を呼《よ》ぶかってこと⁇　どっちだろ⁇」

美希《みき》は首《くび》をかしげた。

健太《けんた》がおそるおそるつり橋《ばし》の下《した》をのぞき込《こ》む。

下《した》は深《ふか》い谷《たに》になっていて、真《ま》っ暗《くら》で底《そこ》が見《み》えない……。

「間違《まちが》えたら、こんなのひとたまりもないよ……」

健太《けんた》は恐怖《きょうふ》でブルブルッと震《ふる》える。

そのときだった。

ズザザッと突然《とつぜん》、背後《はいご》で足音《あしおと》が聞《き》こえた。

真実《しんじつ》たちが振《ふ》り向《む》く。

そこには、するどい剣《けん》を手《て》にしたボロボロの海賊服姿《かいぞくふくすがた》のガイコツが2人《ふたり》、立《た》っていた。

「……こ、こいつら首《くび》なし海賊《かいぞく》の手下《てした》でござる。隠《かく》れていたのでござるか!!」

手下《てした》たちが剣《けん》をつきつけてきて、ドスのきいた声《こえ》で叫《さけ》ぶ。

サラが手下《てした》たちの言葉《ことば》を訳《やく》す。

「こいつら、この橋《はし》はとても危険《きけん》だから、真実殿《しんじつどの》が問題《もんだい》を解《と》いて、渡《わた》ってみせろと言《い》っているでござる……」

「そんな……答《こた》えを教《おし》えたら、宝《たから》を先《さき》に奪《うば》われちゃうよ。でも教《おし》えなかったらもっと危険《きけん》だし……」

健太《けんた》はつぶやいて、不安《ふあん》そうに真実《しんじつ》を見《み》た。

「……どうする、真実《しんじつ》くん??」

「こんなヤツらに教《おし》えることないよ」

「真実殿《しんじつどの》、教《おし》えてはダメでござる!」

美希《みき》とサラもそう言《い》って真実《しんじつ》を見《み》た。

真実《しんじつ》は、首《くび》なし海賊《かいぞく》の手下《てした》たちを見《み》て、ゆっくりとうなずく。

「わかったよ……ぼくが解《と》いて渡《わた》ってみせるね」

「真実殿《しんじつどの》……」

サラは悔《くや》しそうにつぶやいて、うつむいた。

口《くち》もとに手《て》をやって考《かんが》えていた真実《しんじつ》が、おもむろに口《くち》を開《ひら》く。

「ヨーロッパでは古《ふる》くから、黒猫《くろねこ》は不幸《ふこう》を呼《よ》ぶと言《い》われてきた。だから、当然《とうぜん》こちらだね」

真実《しんじつ》はそう言《い》って、バナナのほうの橋《はし》へ向《む》かった。

手下《てした》たちは英語《えいご》で叫《さけ》ぶ。

「やっぱり、そっちか！」

「おまえはここで用済《ようず》みだ。先《さき》に宝《たから》を手《て》にするのはオレたちだ！」

手下《てした》たちは、剣《けん》を振《ふ》り回《まわ》して真実《しんじつ》を制《せい》すると、ドカドカとバナナが描《えが》かれたほうの橋《はし》を渡《わた》り始《はじ》める。

手下《てした》たちがつり橋《ばし》の中央《ちゅうおう》にさしかかった、そのときだった。

ガチャンッと音《おと》がして、つり橋《ばし》の片方《かたほう》が一気《いっき》に外《はず》れた！

「危《あぶ》ない、落《お》ちるっ!!」

健太《けんた》が声《こえ》をあげた。

足元《あしもと》のつり橋《ばし》がくずれ、手下《てした》たちは落下《らっか》する!

美希《みき》とサラも思《おも》わず目《め》をつぶる。

落下《らっか》を予測《よそく》していた真実《しんじつ》は、つり橋《ばし》のロープをナイフで切《き》って手《て》にしていた。それを手下《てした》たち目《め》がけてブンッと投《な》げる!

ロープは、手下《てした》たち2人《ふたり》の腕《うで》に見事《みごと》に巻《ま》きつき、つられて落下《らっか》をまぬがれた。

真実《しんじつ》がつかんだロープに手下《てした》たちの重《おも》さが一気《いっき》にかかる。

「すまない! みんな手《て》を貸《か》してくれないか!」

健太《けんた》たちもあわてて一緒《いっしょ》にロープをにぎって引《ひ》っ張《ぱ》った。そして、ロープの片方《かたほう》をつり橋《ばし》の柱《はしら》にくくりつけた。

サラもホッとした表情《ひょうじょう》になる。

「さすが真実殿《しんじつどの》、あいつらをワナにはめたのでござるな……。敵《てき》といえども、目《め》の前《まえ》で人《ひと》が死《し》ぬのは見《み》たくないでござる」

「正解《せいかい》は黒猫《くろねこ》だったなんて、意外《いがい》。でも、なんでバナナのほうが不幸《ふこう》を呼《よ》ぶの？」

美希《みき》は真実《しんじつ》にたずねた。

「バナナは腐敗《ふはい》すると、木造船《もくぞうせん》の壁《かべ》や床《ゆか》まで腐《くさ》らせてしまって沈没《ちんぼつ》の原因《げんいん》になったり、毒《どく》グモがついたりするから、船乗《ふなの》りにさけられる存在《そんざい》だったんだ。一方《いっぽう》、黒猫《くろねこ》はネズミをつかまえてくれるので船乗《ふなの》りには好《この》まれていたんだよ」

「あとで助《たす》けてあげるから、しばらくそのままでいてね」

健太《けんた》は手下《てした》たちに声《こえ》をかけて、先《さき》へと進《すす》んだ。

真実《しんじつ》たちがさらに洞窟《どうくつ》の奥《おく》に進《すす》むと、鉄《てつ》の門《もん》があった。

がんじょうな鉄《てつ》の門《もん》をギギギーッと開《あ》けると、広大《こうだい》な空間《くうかん》が広《ひろ》がっていた。

「……な、なんだろ、この場所《ばしょ》」

健太《けんた》は思《おも》わず声《こえ》をあげた。

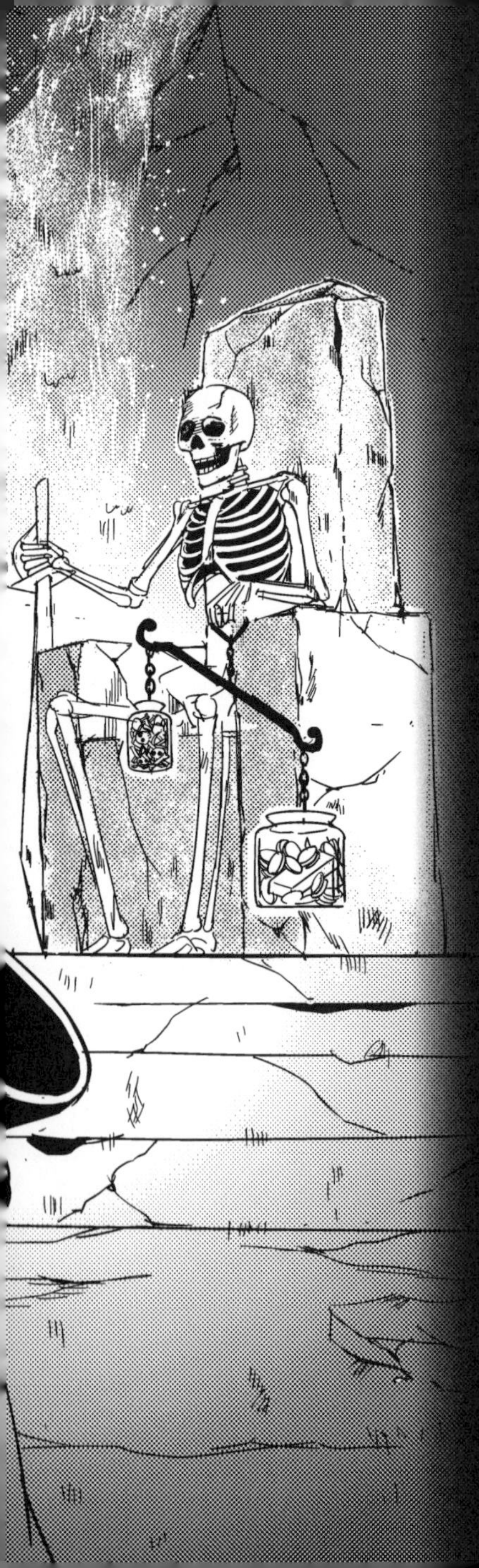

洞窟内《どうくつない》につくられた神殿《しんでん》のようだった。

わきには滝《たき》があった。洞窟内《どうくつない》で湧《わ》き出《で》た水《みず》が、太《ふと》い滝《たき》となって勢《いきお》いよく落《お》ちている。

壁面《へきめん》には階段《かいだん》があった。

真実《しんじつ》たちの視線《しせん》がいっせいに神殿《しんでん》の奥《おく》へと釘《くぎ》づけになる。

そこには、巨大《きょだい》な玉座《ぎょくざ》に座《すわ》るガイコツの石像《せきぞう》があった……。

高《たか》さは10メートルほどで、左手《ひだりて》に巨大《きょだい》な天秤《てんびん》を持《も》ち、右手《みぎて》で長《なが》い剣《けん》を杖《つえ》のように床《ゆか》に突《つ》き

たてている。

真実《しんじつ》たちは巨大《きょだい》な石像《せきぞう》の前《まえ》に立《た》った。

「……それにしても、めちゃくちゃ不気味《ぶきみ》な像《ぞう》だね」

健太《けんた》はぼうぜんと見上《みあ》げてつぶやいた。

サラも石像《せきぞう》をじっと見上《みあ》げていた。

「なぜ、ガイコツが天秤《てんびん》を持《も》っているのでござるか……不思議《ふしぎ》でござるな」

玉座《ぎょくざ》の横《よこ》に回《まわ》りこんだ美希《みき》が何《なに》かを見《み》つける。

「ねえ、ここになんか書《か》いてあるよ！　サラ、読《よ》んでよ」

「えっと……。よく、ここまで来《き》たな。ほめてやる。これが最後《さいご》の関門《かんもん》だ。天秤《てんびん》をつりあわせてみろ。真《しん》の勇気《ゆうき》を持《も》つ者《もの》こそ、この宝《たから》の継承者《けいしょうしゃ》……と書《か》いてあるでござる」

「え、この大《おお》きな天秤《てんびん》を??」

美希《みき》はガイコツが手《て》にしている天秤《てんびん》を見上《みあ》げた。

天秤《てんびん》の両端《りょうたん》には、大小《だいしょう》のガラス瓶《びん》がつり下《さ》げられている。大《おお》きな瓶《びん》には石《いし》で作《つく》られた財宝《ざいほう》が、小《ちい》さな瓶《びん》にはたくさんの人間《にんげん》の頭《ず》がい骨《こつ》がつまっていた。

天秤《てんびん》は大《おお》きな瓶《びん》のほうに傾《かたむ》いている。

「不思議《ふしぎ》なものを天秤《てんびん》にかけるね。宝《たから》と人《ひと》の骨《ほね》なんて」

「健太《けんた》くん、おそらく黒《くろ》ひげは宝《たから》を手《て》に入《い》れたければ、たくさんの命《いのち》の犠牲《ぎせい》が必要《ひつよう》だとでも言《い》いたいんじゃないかな」

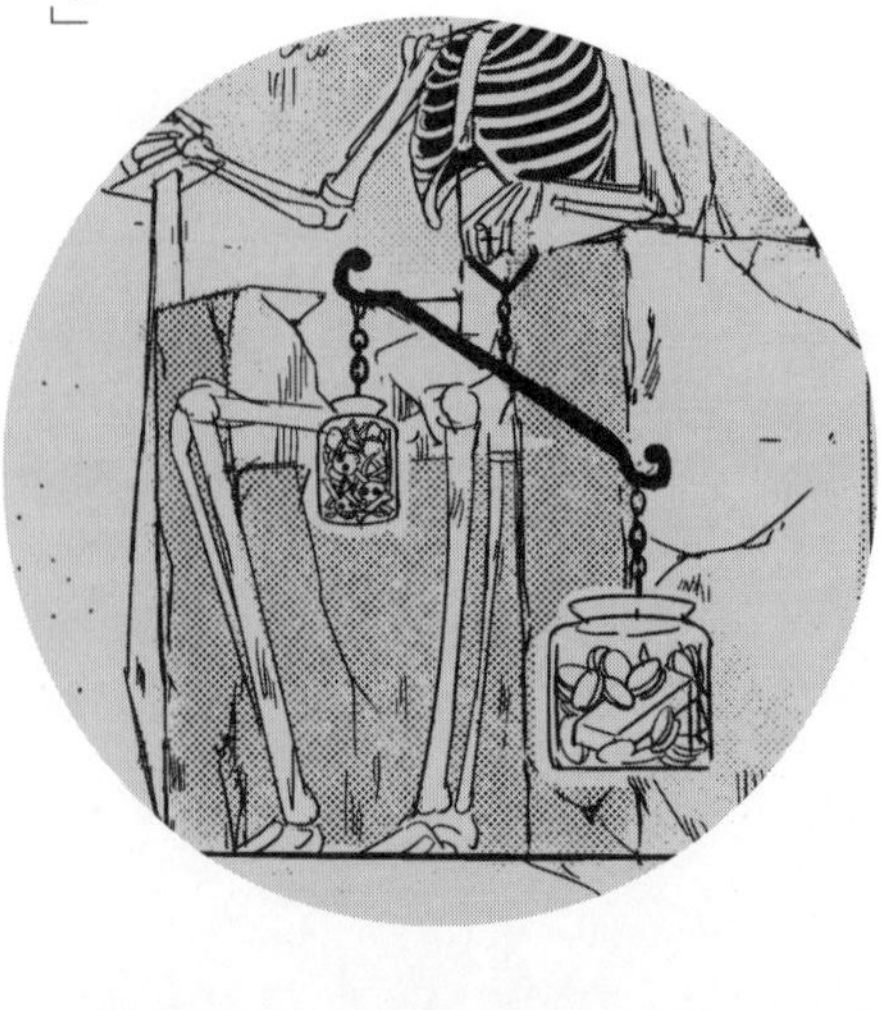

真実《しんじつ》が健太《けんた》に語《かた》った。美希《みき》は首《くび》をかしげる。

「でも、こんな巨大《きょだい》で重《おも》たい天秤《てんびん》をどうやって動《うご》かすんだろ？　みんなで下《した》から手《て》で押《お》し上《あ》げる??　でも、何百《なんびゃく》キロもありそうだよ」

真実《しんじつ》は考《かん》えをめぐらせながら、神殿《しんでん》わきの大《おお》きな滝《たき》のもとへと歩《ある》き、それを見《み》つめた。

滝《たき》の下《した》は池《いけ》のようになっていて、池底《いけぞこ》には穴《あな》があり、水《みず》はそこから地下《ちか》のどこかへ流《なが》れ出《で》ているようだった。

天秤《てんびん》を持《も》ったガイコツ像《ぞう》を見《み》つめ続《つづ》けていたサラは、ハッとする。

「この天秤《てんびん》……これって、もしや天秤《てんびん》を持《も》ったガイコツ??」

サラは子守歌《こもりうた》をポツポツと小《ちい》さく口《くち》ずさみ始《はじ》める。

♪　ねんねや、ねんね、おやすみよ。
寝《ね》ないと、くるぞ、ガイコツが。天秤《てんびん》持《も》って、やってくる。
口《くち》をつぐめや、つぐめ。
流《なが》した涙《なみだ》があふれれば、地獄《じごく》の入《い》り口《ぐち》すぐそこに。ほら、連《つ》れてくぞ　♪

サラの歌声《うたごえ》に美希《みき》が気《き》づく。

「あ、前《まえ》に歌《うた》ってた子守歌《こもりうた》だね。それがどうかしたの？」

サラは美希《みき》の声《こえ》に気《き》づかず、夢中《むちゅう》でひとりごとをつぶやき続《つづ》ける。

「これが天秤《てんびん》のガイコツなら……口《くち》をつぐめやつぐめってなんでござるか??」

サラはあたりを見回《みまわ》す。

つぶやきを聞《き》いていた美希《みき》がサラの真意《しんい》に気《き》づく。

「もしかして……サラの家《いえ》に先祖代々《せんぞだいだい》伝《つた》わる、あの子守歌《こもりうた》がヒントになってるってこと!?」

サラは美希《みき》の大《おお》きな声《こえ》に、ようやく美希《みき》のほうを見《み》た。

「美希《みき》、そうなのでござる。でも、口《くち》をつぐめというのが謎《なぞ》でござる。なんだか石像《せきぞう》の口《くち》ではない気《き》がするでござる……。流《なが》した涙《なみだ》って、もしや水《みず》のことでござるか!?」

サラはあわてて滝《たき》に近《ちか》づき、その下《した》の池《いけ》を眺《なが》めると、突然《とつぜん》、ジャボジャボと池《いけ》の中《なか》へ入《はい》っていった。

「サラッ!?」

美希《みき》が声《こえ》をあげる。健太《けんた》と真実《しんじつ》も池《いけ》のそばへと駆《か》け寄《よ》った。

サラはこまったように頭《あたま》をかきむしり、真実《しんじつ》たちのほうを振《ふ》り返《かえ》った。

「……うむ、絶対《ぜったい》にこの池《いけ》があやしいと思《おも》うでござるのだが」

真実《しんじつ》はサラの言葉《ことば》にコクリとうなずく。

「サラさんの直感《ちょっかん》はおそらく正《ただ》しいだろうね。サラさん、子守歌《こもりうた》の後半《こうはん》をもう一度《いちど》歌《うた》ってくれないかな？」

「……口《くち》をつぐめや、つぐめ。流《なが》した涙《なみだ》があふれれば、地獄《じごく》の入《い》り口《ぐち》すぐそこに……」

サラの歌声《うたごえ》に耳《みみ》をかたむけていた真実《しんじつ》は、池《いけ》の中《なか》に目《め》をこらす。

たまった水《みず》が流《なが》れ出《で》ていく穴《あな》に気《き》づく。

「口《くち》をつぐめや、つぐめ……。そうか、この池《いけ》の底《そこ》の口《くち》をふさぐんだよ。科学《かがく》で解《と》けないナゾはない。サラさんのおかげでナゾが解《と》けたよ。あの天秤《てんびん》を動《うご》かす方法《ほうほう》がわかった」

はたして、どうやって巨大《きょだい》な天秤《てんびん》を動《うご》かすのだろうか？

ものが水《みず》に浮《う》く力《ちから》を使《つか》って、天秤《てんびん》をつりあわせるんだ。

解《かい》決《けつ》編《へん》

真実《しんじつ》はまず神殿《しんでん》の入《い》り口《ぐち》の鉄《てつ》の門《もん》を閉《し》めた。

そして真実《しんじつ》の指示《しじ》で、みんなで池《いけ》のまわりにころがっていた大《おお》きな石《いし》を、ドボン、ドボンと次々《つぎつぎ》に池《いけ》の中《なか》へ落《お》としていく。

やがて池《いけ》の中《なか》の穴《あな》が石《いし》でふさがった。

「これで、石《いし》で口《くち》をつぐんだでござるな!!」

次々《つぎつぎ》に滝《たき》から流《なが》れ落《お》ちてくる水《みず》で、池《いけ》があふれていく。

「あの階段《かいだん》の上《うえ》から見守《みまも》ることにしよう」

真実《しんじつ》が言《い》い、一同《いちどう》は壁面《へきめん》にあった階段《かいだん》をあがった。

ガイコツの石像《せきぞう》の頭《あたま》ぐらいの高《たか》さから下《した》を見下《みお》ろす。

神殿《しんでん》の床《ゆか》に水《みず》がたまっていくのが見《み》える。

「すごい！　水《みず》がどんどんたまって、

天秤《てんびん》のトリック

ガイコツの石像《せきぞう》が水《みず》につかり始《はじ》めたよ!」

健太《けんた》は興奮《こうふん》して声《こえ》をあげた。

ガイコツが持《も》っている天秤《てんびん》も水《みず》につかる。

すると、天秤《てんびん》がグゴゴゴッと動《うご》き出《だ》す。

大《おお》きな瓶《びん》のほうが上《あ》がり、小《ちい》さな瓶《びん》のほうが下《さ》がり始《はじ》める。

「大《おお》きい瓶《びん》のほうが上《あ》がり始《はじ》めた!! え、なんで? 大《おお》きい瓶《びん》のほうが重《おも》くて、動《うご》きそうもなかったのに!?」

「美希《みき》さん、浮力《ふりょく》の働《はたら》きだよ。水《みず》の中《なか》にある物体《ぶったい》は上向《うわむ》きの力《ちから》、浮力《ふりょく》を受《う》けるんだ。浮力《ふりょく》の大《おお》きさは物体《ぶったい》が押《お》しのけた液体《えきたい》の体積《たいせき》に等《ひと》しい、というアルキメデスの原理《げんり》さ。だから水《みず》の中《なか》では体積《たいせき》の大《おお》きいほうが、より大《おお》きな浮力《ふりょく》を受《う》けて、そのぶん軽《かる》くなるんだ」

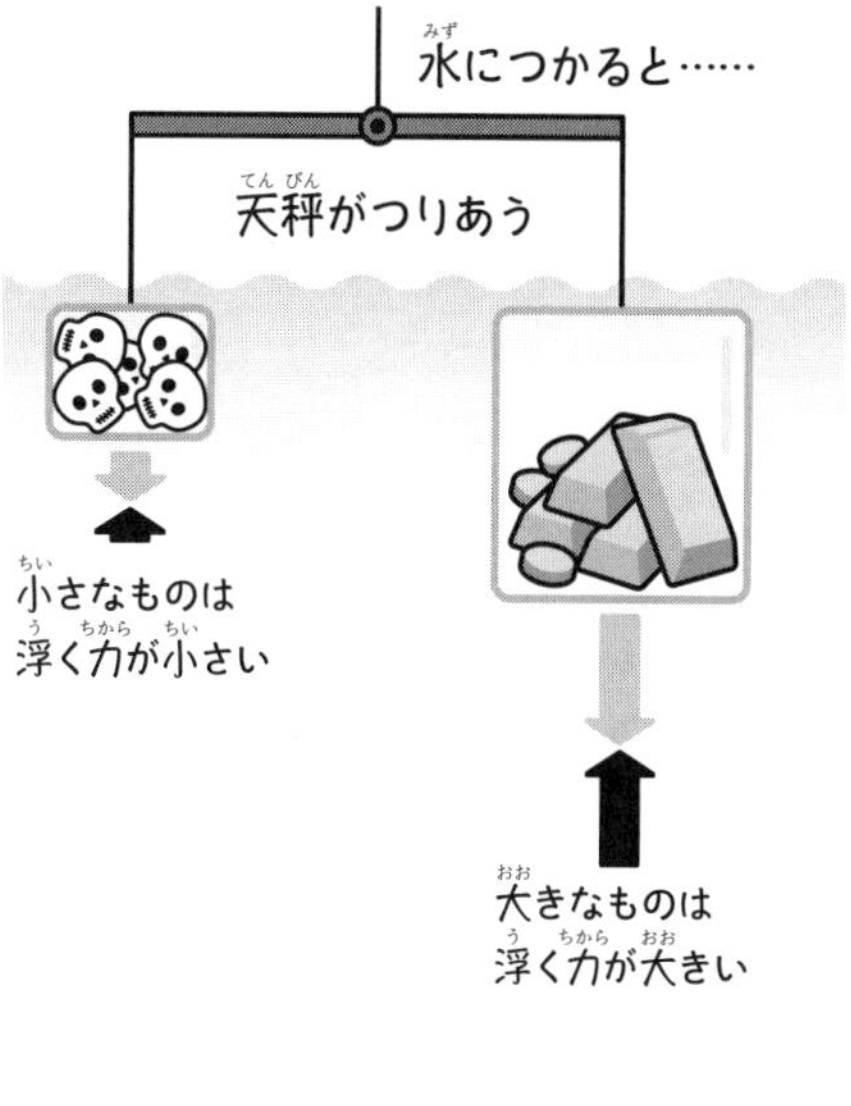
水《みず》につかると……
天秤《てんびん》がつりあう
小《ちい》さなものは浮《う》く力《ちから》が小《ちい》さい
大《おお》きなものは浮《う》く力《ちから》が大《おお》きい

「ご先祖様《せんぞさま》は正《ただ》しかったでござる！　口《くち》をつぐめや、つぐめ。流《なが》した涙《なみだ》があふれれば、地獄《じごく》の入《い》り口《ぐち》すぐそこに。ほら連《つ》れてくぞ!!」

ゴゴゴッ、ガチーン!!

「天秤《てんびん》がちょうどつりあった!!　一体《いったい》どうなるんだろ……？　あ、あそこの石《いし》の壁《かべ》にヒビが入《はい》ったよ!!」

健太《けんた》は驚《おどろ》いて声《こえ》をあげる。

巨大《きょだい》なガイコツの石像《せきぞう》の背後《はいご》の壁《かべ》にヒビが入《はい》り、ガラガラとくずれ落《お》ちた。土《つち》ぼこりが舞《ま》うなか、隠《かく》されていた奥《おく》の空間《くうかん》が現《あらわ》れる。

「あ、あれが……地獄《じごく》の入《い》り口《ぐち》でござるか!?」

「やったじゃん、サラが思《おも》い出《だ》した子守歌《こもりうた》のおかげで入《い》り口《ぐち》を見《み》つけられたよ!!」

喜《よろこ》ぶ美希《みき》に向《む》かってサラはほほえんだが、ふと神妙《しんみょう》な顔《かお》になってつぶやく。

「でも……なぜ地獄《じごく》の入《い》り口《ぐち》でござるか？」

美希《みき》も首《くび》をかしげてつぶやく。

「……それもそうだね。でもさ、とにかく、実際《じっさい》に行《い》って何《なに》があるか見《み》てみようよ！」

「お、そうでござるな！」

サラと美希《みき》はいそいで階段《かいだん》を駆《か》け下《お》りる。

水《みず》が、壊《こわ》れた壁《かべ》の向《む》こうへと流《なが》れている。

壁《かべ》の向《む》こうへ進《すす》もうとしたサラはふと地面《じめん》に落《お》ちているボロボロの布《ぬの》きれに気《き》づいた。

「……ん、なんだろ？　これ」

「何《なに》してんのサラ、早《はや》く早《はや》く！」

美希《みき》に呼《よ》ばれたサラは布《ぬの》きれをポケットにつっこんで、あわてて美希《みき》の後《あと》に続《つづ》いた。少《すこ》しおくれて真実《しんじつ》と健太《けんた》もやってきた。

奥《おく》の空間《くうかん》は洞窟内《どうくつない》につくられた大《おお》きな港《みなと》になっていた。

滝《たき》から流《なが》れ落《お》ちる水《みず》が、たえず神殿《しんでん》から港《みなと》へと流《なが》れ込《こ》んでいく。

港《みなと》には、30メートルほどの大《おお》きな船《ふね》がとまっていた。

その帆《ほ》には、大《おお》きく黒《くろ》ひげのマークが入《はい》っている。

「これは、アン女王《じょおう》の復讐号《ふくしゅうごう》!? 沈没《ちんぼつ》したのとは別《べつ》に、もう一隻《いっせき》あったのでござるか……」

サラは夢中《むちゅう》で駆《か》け出《だ》して、渡《わた》し場《ば》から船《ふね》に乗《の》りこむ。

甲板《かんぱん》には……金貨《きんか》がつまった宝《たから》箱《ばこ》や、きらめく宝石類《ほうせきるい》、金《きん》や銀《ぎん》でできた食器《しょっき》など、目《め》がくらむようなさまざまな財宝《ざいほう》があふれていた。

サラはあまりにも莫大《ばくだい》な財宝《ざいほう》を目《ま》の当《あ》たりにして、ぼうぜんとしている。

「……やった！　ついに、本当《ほんとう》に黒《くろ》ひげの宝《たから》にたどり着《つ》いたでござる!!」

美希《みき》も甲板《かんぱん》に駆《か》け込《こ》んできて、サラと手《て》を取《と》りあい喜《よろこ》びをわかちあう。

「やったね、サラ！　アン・ボニーも見《み》つけられなかった宝《たから》をついに見《み》つけたんだよ!!」

健太《けんた》と真実《しんじつ》も船《ふね》にやってきた。

金貨《きんか》が宝箱《たからばこ》からあふれ、むぞうさに床《ゆか》に落《お》ちている。健太《けんた》はあわてて駆《か》け寄《よ》って、金貨《きんか》を両手《りょうて》いっぱいにすくいあげ、黄金《こがね》色《いろ》の輝《かがや》きを見《み》つめた。

「すごいや、これ本物《ほんもの》の金貨《きんか》だよね!?　これだけあればスマホもゲーム機《き》も買《か》えるでしょ。真実《しんじつ》くんも欲《ほ》しがってた、海外《かいがい》ミステリー全集《ぜんしゅう》も買《か》えちゃうんじゃない!?」

「全集《ぜんしゅう》どころか、本屋《ほんや》まるごと、いや、ここにある宝《たから》がぜんぶあれば、

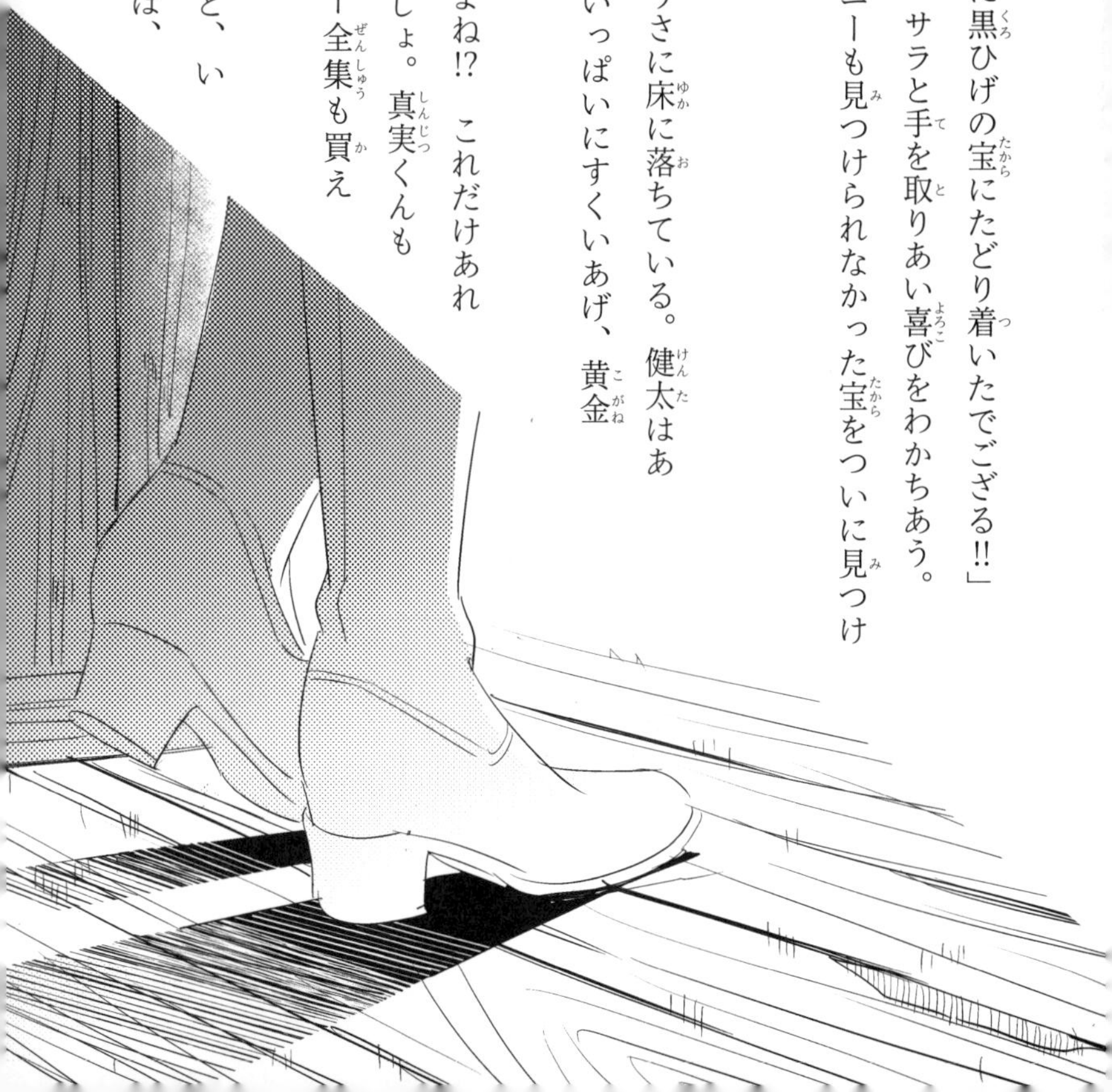

出版社《しゅっぱんしゃ》ごと買《か》えちゃうんじゃない!?」

そう言《い》って、美希《みき》も興奮《こうふん》をおさえきれず、宝石《ほうせき》を手《て》に取《と》り、その輝《かがや》きに見《み》とれる。

宝《たから》を見渡《みわた》していたサラは急《きゅう》に頭《あたま》をポリポリとかいて考《かんが》え込《こ》む。

「……でも、なぜ、なぜでござるか?? ご先祖様《せんぞさま》のアン・ボニーは、ガイコツの天秤《てんびん》の謎《なぞ》の解《と》き方《かた》がわかったから、あの子守歌《こもりうた》にヒントを込《こ》めた。それなのになぜ、この宝《たから》に手《て》をつけてないのでござるか!?」

サラの言葉《ことば》に健太《けんた》もうなずく。

「……ほんとだね。謎《なぞ》を解《と》くと、壁《かべ》がくずれて港《みなと》が現《あらわ》れる仕掛《しか》けになっていたよね……ということはアン・ボニーさんは宝《たから》の目前《もくぜん》まで来《き》て引《ひ》き返《かえ》してるってことだよね?」


「おまえら、そのうす汚《きたな》い手《て》をどけるんだっ!」


ドスのきいた声《こえ》にハッとし、一同《いちどう》が視線《しせん》を向《む》ける。

そこには、なんと銃《じゅう》をかまえた首《くび》なし海賊《かいぞく》の姿《すがた》があった。

渡《わた》し場《ば》に立《た》つ首《くび》なし海賊《かいぞく》が、銃口《じゅうこう》をこちらに向《む》けてにじり寄《よ》ってくる。

「わっ、黒《くろ》ひげの亡霊《ぼうれい》だっ!!」

健太《けんた》が驚《おどろ》いて叫《さけ》んだ。

美希《みき》はあとずさりしながら言《い》う。

「健太《けんた》くん、あれは特殊《とくしゅ》な素材《そざい》のマスクを使《つか》ったトリックだったじゃん。手下《てした》たちはつり橋《ばし》で宙《ちゅう》づりにしたけど、首《くび》なし海賊《かいぞく》、アンタは隠《かく》れていたわけね」

首《くび》なしの海賊《かいぞく》が語《かた》る。

「洞窟《どうくつ》には先《さき》に着《つ》いたけど、手下《てした》やおまえたちが危険《きけん》な謎《なぞ》を解《と》いて宝《たから》へたどり着《つ》いてくれるのをずっと待《ま》ってたのさ。合理的《ごうりてき》でかしこいやり方《かた》だろ？」

「この声《こえ》、なんか聞《き》き覚《おぼ》えがあるでござる」

首《くび》なしの海賊《かいぞく》が左手《ひだりて》をかかげて、頭部《とうぶ》のあたりに手《て》をかけ……袋状《ふくろじょう》の特殊《とくしゅ》な素材《そざい》のマスクを脱《ぬ》ぐと、顔《かお》が現《あらわ》れた。

「え、ヴァイオレットさん!?」

健太《けんた》が声《こえ》をあげた。

ヴァイオレットがするどい目《め》でにらみつけてくる。

サラも、ヴァイオレットの殺気立《さっきだ》った表情《ひょうじょう》にギョッとする。

真実《しんじつ》はヴァイオレットを見《み》すえた。

「やっぱり、そうでしたか……。誰《だれ》も黒《くろ》ひげの宝《たから》に近《ちか》づかないようにするため、幽霊船《ゆうれいせん》や赤《あか》い雨《あめ》をしくんだのもあなたですね」

ヴァイオレットはニヤリと笑《わら》った。

「フフッ、ホント、かしこいガキだね」

「……じゃあ、ヴァイオレットさんが黒《くろ》ひげの呪《のろ》いだとか言《い》ってたのは、ウソだったの?」

健太《けんた》は驚《おどろ》いて思《おも》わずつぶやいた。

真実《しんじつ》はヴァイオレットを見《み》すえたまま続《つづ》ける。

「宝《たから》をひとり占《じ》めするために、あなたは呪《のろ》いの被害者《ひがいしゃ》を装《よそお》っていた。そうですね？」

「そのとおりさ。日本《にほん》から届《とど》けてくれた宝《たから》の地図《ちず》も本物《ほんもの》だとわかっていたよ。だけど、おまえたちに謎《なぞ》を解《と》かせたかったから泳《およ》がせたのさ。おかげでこうして、長年《ながねん》かけてもたどり着《つ》けなかった宝《たから》のありかがわかったよ」

「そんな、ヴァイオレットさんが……」

健太《けんた》は絶句《ぜっく》する。

美希《みき》とサラも、あまりの驚《おどろ》きに言葉《ことば》をなくしている。

ヴァイオレットは満足《まんぞく》げにほほえむ。

「だから、誰《だれ》も信用《しんよう》するなと言《い》っただろ？　おまえたちの役目《やくめ》はもう終《お》わりだよ。早《はや》く船《ふね》から下《お》りるんだ！」

「これは、ご先祖様《せんぞさま》のアン・ボニーが見《み》つけた宝《たから》でござるよ‼」

「宝《たから》はもともと、黒《くろ》ひげのもんなんだよ！　だからアタシが全部手《ぜんぶて》に入《い》れるのさ。なぜなら、アタシが黒《くろ》ひげの子孫《しそん》だからさ！」

「え、ヴァイオレットさんが⁉」

健太《けんた》が声《こえ》をあげた。

「……ヴァイオレットさんが黒《くろ》ひげの子孫《しそん》……」

あまりの驚《おどろ》きに、サラはぼうぜんとする。

ヴァイオレットから銃《じゅう》を向《む》けられ、サラや真実《しんじつ》たちはやむなく船《ふね》から下《お》りた。

「アタシの仲間《なかま》に連絡《れんらく》して、この宝《たから》は全部回収《ぜんぶかいしゅう》する。邪魔《じゃま》だからおまえたちはとっとと洞窟《どうくつ》の外《そと》へ出《で》ていきな」

サラは悔《くや》しくてギュッとこぶしをにぎりしめる。

そのとき、大《おお》きな音《おと》がした。

ゴゴゴーー!!

港《みなと》にあふれた水《みず》の勢《いきお》いで、とまっていた船《ふね》がガゴゴンッと突然動《とつぜんうご》き出《だ》したのだ。
甲板《かんぱん》が大《おお》きく揺《ゆ》れ、ヴァイオレットは手《て》にしていた銃《じゅう》を落《お》とす。
銃《じゅう》はガチャリと床《ゆか》に落《お》ち、甲板《かんぱん》の上《うえ》をすべっていく。
サラは隙《すき》を見逃《みのが》さなかった。
瞬時《しゅんじ》にタタタッと駆《か》け、きしんで折《お》れそうになっていた渡《わた》し場《ば》から船《ふね》に乗《の》りこんだ！
その瞬間《しゅんかん》、渡《わた》し場《ば》が折《お》れて水《みず》の中《なか》へ落下《らっか》した。
「サラ!!」
美希《みき》が思《おも》わず声《こえ》をあげる。
甲板《かんぱん》に駆《か》け込《こ》んだサラは、そのまますぐに銃《じゅう》をひろいあげる。
サラは銃《じゅう》を手《て》に、ヴァイオレットと間合《まあ》いをとる。
「クソ、アタシの銃《じゅう》を!!」

「こんなもの、いらない！」

サラは手《て》にした銃《じゅう》を船《ふね》の外《そと》へと投《な》げ捨《す》てる。ジャポンと水《みず》に沈《しず》む音《おと》がした。

「……フフッ、面白《おもしろ》い。おまえの母親《ははおや》も、アタシが宝《たから》を狙《ねら》っているのを知《し》って地図《ちず》を捨《す》てやがったが、もう邪魔《じゃま》はさせない。ハイエナのようにうす汚《ぎたな》いアン・ボニーの子孫《しそん》に宝《たから》は渡《わた》さないよ。これは黒《くろ》ひげ一族《いちぞく》のもんだ」

ヴァイオレットはそう言《い》って、甲板《かんぱん》に落《お》ちていた剣《けん》を手《て》にとって、サラにほえる。

「勇気《ゆうき》があるなら、おまえも剣《けん》をとれ！」

「ご先祖様《せんぞさま》はハイエナなんかじゃない！　宝《たから》はアン・ボニー一族《いちぞく》のものだ!!」

サラも近《ちか》くに落《お》ちていた剣《けん》をひろう。

剣《けん》のかまえだけでヴァイオレットのすごみが伝《つた》わってくる。

「ワタシだって、時代劇《じだいげき》をたくさん見《み》てきたんだ！」

サラは震《ふる》える手《て》で、侍《さむらい》のように剣《けん》をにぎりなおしてかまえる。

神殿《しんでん》からどんどん水《みず》が港《みなと》へと流《なが》れこむ。その勢《いきお》いで、２人《ふたり》を乗《の》せた船《ふね》は徐々《じょじょ》に港《みなと》を出《で》ていく。

港《みなと》に残《のこ》された真実《しんじつ》、健太《けんた》、美希《みき》は船《ふね》を見《み》つめる。

**「大変《たいへん》だ、船《ふね》が動《うご》き出《だ》しちゃったよ！
一体《いったい》どこに行《い》くんだろ!?」**

真実《しんじつ》はけわしい表情《ひょうじょう》で健太《けんた》に答《こた》える。

**「きっと、これも黒《くろ》ひげが仕掛《しか》けたワナの一部《いちぶ》さ。
あの船《ふね》は非常《ひじょう》に危険《きけん》だ……」**

美希《みき》は驚《おどろ》いて真実《しんじつ》を見《み》る。

「え、危険《きけん》って、どういうこと!?」

「黒《くろ》ひげは宝《たから》を誰《だれ》にも見《み》つからないように隠《かく》していた。
そして宝《たから》にたどり着《つ》けないように危険《きけん》なワナも仕掛《しか》けていた。だから、もともと宝《たから》を誰《だれ》かに渡《わた》す気《き》なんかなかったはずなんだ。もしも宝《たから》が見《み》つかったときは、船《ふね》もろと

も地獄《じごく》へ連《つ》れていくつもりなんだと思《おも》う」

「そ、そんな……」

健太《けんた》は絶句《ぜっく》する。

美希《みき》はハッとして港《みなと》を離《はな》れる船《ふね》を見《み》る。

甲板《かんぱん》で、堂々《どうどう》たる剣《けん》のかまえで威圧《いあつ》するヴァイオレットと、腰《こし》が引《ひ》けながらも必死《ひっし》に両手《りょうて》で剣《けん》をにぎるサラの姿《すがた》が見《み》えた。

2人《ふたり》はまばたきもせずに、にらみ合《あ》っている。

ヴァイオレットがするどい剣先《けんさき》を向《む》け、ジリジリとサラに近《ちか》づく。

「サラッ！」

叫《さけ》ぶやいなや美希《みき》は、突然《とつぜん》駆《か》け出《だ》した。


「**え⁉**」


健太《けんた》と真実《しんじつ》は声《こえ》をもらし、走《はし》り出《だ》した美希《みき》の背中《せなか》を見《み》る。

美希《みき》はグングン速度《そくど》をあげて港《みなと》を走《はし》りぬけ……、

ダダダッダン‼


港《みなと》から3メートルほど離《はな》れた船《ふね》に向《む》かってジャンプした！

「美希《みき》ちゃん、危《あぶ》ないっ‼」

健太《けんた》が叫《さけ》んだ。

美希《みき》は船《ふね》にとどかず、あやうく水《みず》に落《お》ちそうになるが、船尾《せんび》にかかっていた縄《なわ》ばしごをガシッとつかんだ。

健太《けんた》はホッと胸《むね》をなでおろす。

美希《みき》は、縄《なわ》ばしごをよじのぼって甲板《かんぱん》へと向《む》かう。

「健太《けんた》くん、ぼくらも洞窟《どうくつ》を出《で》て、早《はや》くあの船《ふね》を追《お》いかけよう！」

真実《しんじつ》と、健太《けんた》は駆《か》け出《だ》した。

3

SCIENCE TRICK DATA FILE

科学《かがく》トリック データファイル

「浮《う》く」と「沈《しず》む」の違《ちが》い

お風呂《ふろ》やプールの
水《みず》の中《なか》では
体《からだ》が軽《かる》く感《かん》じるよね

水《みず》に潜《もぐ》ったとき、鼓膜《こまく》が押《お》されるような圧力《あつりょく》を感《かん》じたことはありませんか？　それは水《みず》の重《おも》さが水中《すいちゅう》の物《もの》にかかる「水圧《すいあつ》」です。水圧《すいあつ》は浅《あさ》い場所《ばしょ》より深《ふか》い場所《ばしょ》のほうが大《おお》きくなります。

四角《しかく》い箱《はこ》が水中《すいちゅう》にあるとき、上《うえ》の面《めん》には小《ちい》さな水圧《すいあつ》がかかり、

深《ふか》いほど水圧《すいあつ》は大《おお》きい

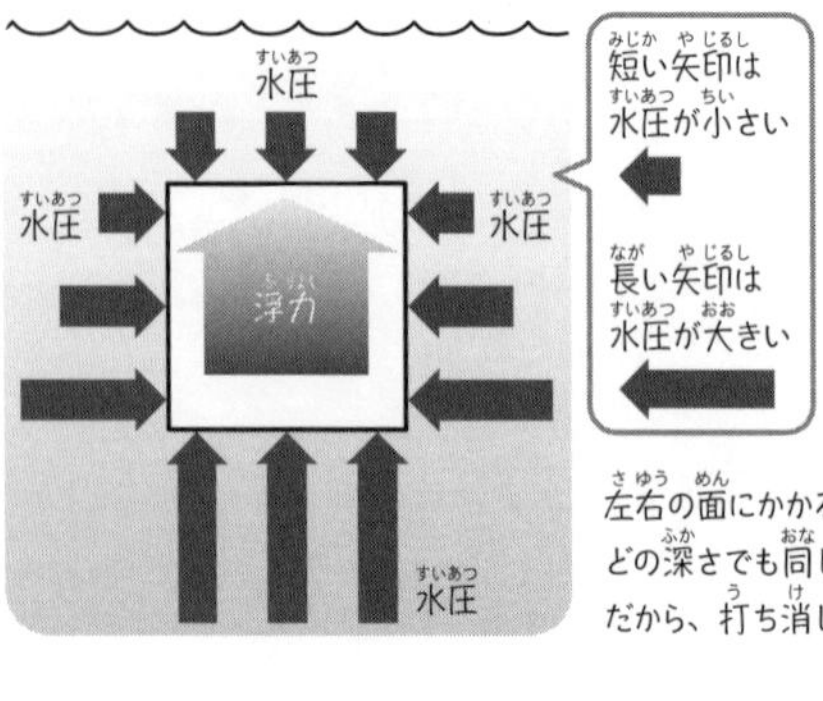
水圧《すいあつ》
水圧《すいあつ》
水圧《すいあつ》
浮力
水圧《すいあつ》
短《みじか》い矢印《やじるし》は
水圧《すいあつ》が小《ちい》さい
長《なが》い矢印《やじるし》は
水圧《すいあつ》が大《おお》きい

左右《さゆう》の面《めん》にかかる水圧《すいあつ》は
どの深《ふか》さでも同《おな》じ大《おお》きさ
だから、打《う》ち消《け》しあう

下《した》の面《めん》には大《おお》きな水圧《すいあつ》がかかります（右下《みぎした》の図《ず》）。そのため、より大《おお》きな力《ちから》である「下《した》の面《めん》を押《お》す上向《うわむ》きの力《ちから》」が箱《はこ》にかかります。これが「浮力《ふりょく》」です。

水中《すいちゅう》の物《もの》には、地球《ちきゅう》に引《ひ》っ張《ぱ》られる「重力《じゅうりょく》」も浮力《ふりょく》と反対《はんたい》の向《む》きに働《はたら》いています。浮力《ふりょく》が重《じゅう》力《りょく》より大《おお》きいとき物《もの》は浮《う》いて、浮力《ふりょく》が重力《じゅうりょく》より小《ちい》さいと物《もの》は沈《しず》みます。

大《おお》きい物《もの》ほど
水中《すいちゅう》では
浮《う》く力《ちから》が
大《おお》きくなるんだ

大《おお》きい物《もの》ほど浮力《ふりょく》も大《おお》きい

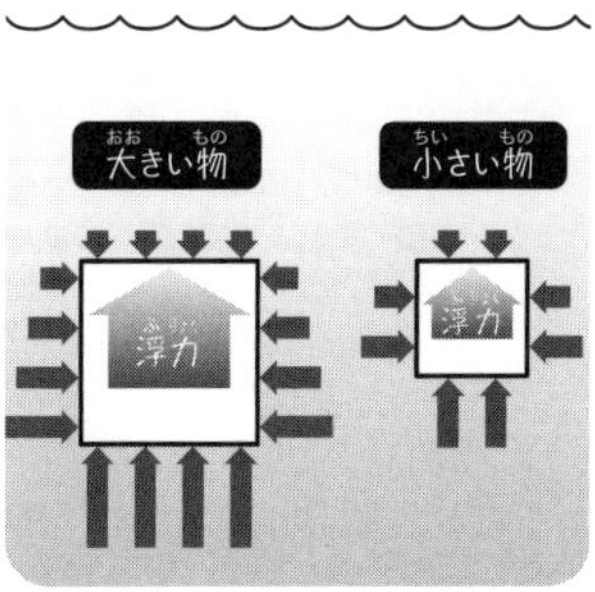
大《おお》きい物《もの》
小《ちい》さい物《もの》
浮力
浮力

大《おお》きい物《もの》ほど水中《すいちゅう》で押《お》しのける水《みず》の量《りょう》が多《おお》くなる。つまり受《う》ける水《すい》圧《あつ》も浮力《ふりょく》も大《おお》きくなり、軽《かる》くなる

大《おお》海《うな》原《ばら》の
決《けっ》戦《せん》！

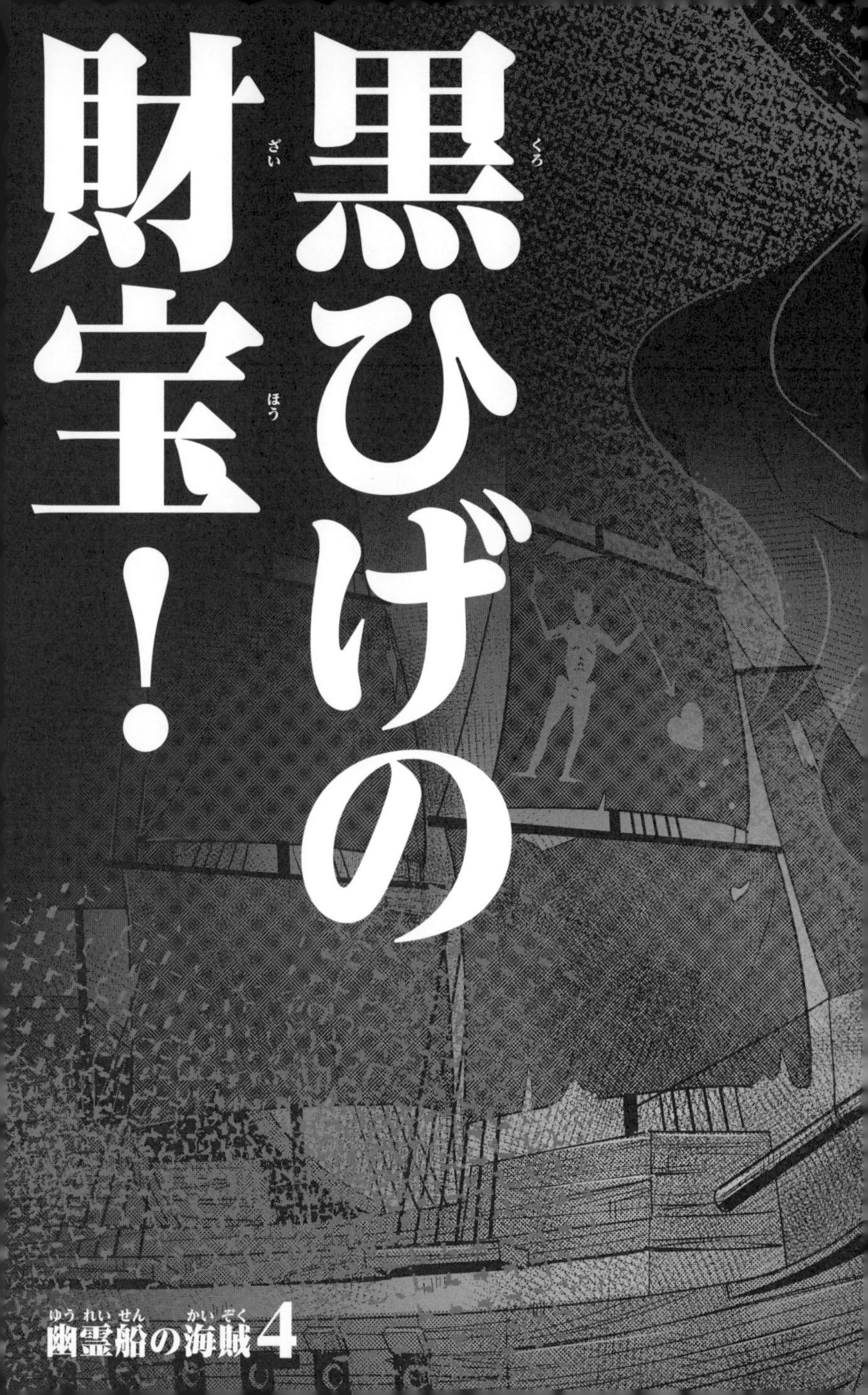

黒《くろ》ひげの財《ざい》宝《ほう》！

幽霊船《ゆうれいせん》の海賊《かいぞく》4

「真実《しんじつ》くん、どうしよう⁉」

健太《けんた》は、サラとヴァイオレット、そして美希《みき》を乗《の》せたもうひとつの〝アン女王《じょおう》の復讐号《ふくしゅうごう》〟が海《うみ》へと流《なが》れていくのを見《み》ながらそう言《い》った。

「美希《みき》さんたちを助《たす》けないと」

真実《しんじつ》も焦《あせ》る。2人《ふたり》は洞窟《どうくつ》を出《で》ると砂浜《すなはま》にやってきた。サラたちの乗《の》った海賊船《かいぞくせん》を追《お》いかけようと思《おも》ったのだ。

だが、健太《けんた》はハッとした。

「そういえば、乗《の》ってきた船《ふね》は壊《こわ》れちゃったんだよね⁉」

「そうだね。代《か》わりにヴァイオレットさんたちが乗《の》ってきた船《ふね》があると思《おも》ったけど」

真実《しんじつ》たちは砂浜《すなはま》を見渡《みわた》すが、どこにも船《ふね》はない。

「違《ちが》う場所《ばしょ》にとめてあるみたいだね」

「そんな！　探《さが》してる時間《じかん》なんてもうないよ！」

そのとき、モーター音《おん》が響《ひび》いた。

1隻《せき》のボートが真実《しんじつ》たちの前《まえ》に近《ちか》づいてくる。操縦《そうじゅう》しているのは、ハマッセンだ。

「真実殿《しんじつどの》！　健太殿《けんたどの》！　よかった、無事《ぶじ》でござるな！」

「ハマッセンさん、どうしてここに??」

「サラから電話《でんわ》をもらったあと、心配《しんぱい》でいてもたってもいられなくなったんでござる」

ハートの島《しま》はバミューダトライアングルの中《なか》にある。ハマッセンは助《たす》けに行《い》ったほうがいいと思《おも》い、ボートを飛《と》ばしてきたのだ。

「それでサラは？　美希殿《みきどの》もいないようでござるが」

「それが大変《たいへん》なんだ。２人《ふたり》は――」

健太《けんた》が説明《せつめい》しようとするよりも早《はや》く、真実《しんじつ》が口《くち》を開《ひら》いた。

「健太《けんた》くん、早《はや》くボートに乗《の》り込《こ》むんだ。ハマッセンさん、あの海賊船《かいぞくせん》を追《お》ってください！」

「あれはアン女王《じょおう》の復讐号《ふくしゅうごう》じゃ？　すでに発見《はっけん》された沈没《ちんぼつ》

船《せん》がどうしてここに⁇」

「船《ふね》はもう1隻《せき》あったんです。あの船《ふね》に、サラさんと美希《みき》さんがいます！」

「**えええ⁇**」

真実《しんじつ》と健太《けんた》は、ボートに乗《の》り込《こ》む。

ハマッセンはとまどいながらも、急《いそ》いでボートを走《はし》らせるのだった。

一方《いっぽう》、少《すこ》し離《はな》れた海上《かいじょう》では、サラたちを乗《の》せた海賊船《かいぞくせん》が波《なみ》に揺《ゆ》られながら進《すす》んでいた。

建造《けんぞう》されて数百年《すうひゃくねん》が経《た》っている木製《もくせい》の船体《せんたい》は、木《き》は腐《くさ》り穴《あな》が開《あ》き今《いま》にもくずれそうだ。

山積《やまづ》みの財宝《ざいほう》が置《お》かれている甲板《かんぱん》もあちこち壊《こわ》れていて、財宝以外《ざいほういがい》にもいろいろなものが落《お》ちている。帆《ほ》も破《やぶ》れていてほとんど風《かぜ》を受《う》けていない。

甲板《かんぱん》では、サラとヴァイオレットが互《たが》いに剣《けん》を持《も》ち向《む》き合《あ》っていた。

「まったく、本当《ほんとう》にしつこいね」

ヴァイオレットはサラを見《み》てあきれる。

そんなヴァイオレットに、サラは声《こえ》をあげた。

「さっきから何度《なんど》も言《い》ってるでしょ。『真《しん》の勇気《ゆうき》を持《も》つ者《もの》こそ、この宝《たから》の継承者《けいしょうしゃ》』ってガイコツの天秤《てんびん》に書《か》いてあったじゃない！　アンタは卑怯《ひきょう》なことばかり！」

サラはヴァイオレットにそのことをずっと言《い》い続《つづ》けていたのだ。

「黒《くろ》ひげの財宝《ざいほう》はワタシの先祖《せんぞ》であるアン・ボニーが見《み》つけた。そして、ワタシも見《み》つけることができた」

「それが何《なに》？　卑怯《ひきょう》だろうがなんだろうが、これは黒《くろ》ひげの子孫《しそん》であるアタシが手《て》に入《い》れるべきものに決《き》まってるでしょ！」

サラとヴァイオレットは船《ふね》が流《なが》されているのも気《き》にせず、自分《じぶん》の主張《しゅちょう》を曲《ま》げない。

美希《みき》はそんな2人《ふたり》をハラハラしながら見守《みまも》っていた。

「サラ、危険《きけん》だからその人《ひと》から離《はな》れて！」

船《ふね》が揺《ゆ》れるたびに、美希《みき》はバランスをくずしそうになる。

「船《ふね》もこんなに揺《ゆ》れてるし、転《ころ》んだらケガしちゃうよ」

だが、それを聞《き》いたサラは美希《みき》を見《み》てニッコリと笑《わら》った。

「大丈夫《だいじょうぶ》でござる。ワタシは小《ちい》さなころからずっと海賊《かいぞく》に憧《あこが》れていたでござるよ。こんな波《なみ》ぐらいへっちゃらでござる」

そのとき、大《おお》きな波《なみ》が横《よこ》から押《お》し寄《よ》せ、船《ふね》が激《はげ》しく揺《ゆ》れる。

「わっ！」

美希《みき》は必死《ひっし》にそばのマストにしがみつくが、サラはうまくバランスをとって、まったくその場《ば》から動《うご》かなかった。

「すごい」

そんなサラに美希《みき》は思《おも》わず見《み》とれる。しかしすぐに、同《おな》じようにまったくバランスをくずしていない人物《じんぶつ》がいることに気《き》づいた。ヴァイオレットだ。

「アタシはトレジャーハンティングの会社《かいしゃ》の社長《しゃちょう》よ。これぐらいの波《なみ》は、ゆりかごを揺《ゆ》らしてもらっている赤《あか》ちゃんぐらい心地《ここち》いいものだね」

ヴァイオレットは自信満々《じしんまんまん》の表情《ひょうじょう》で言《い》う。すると、サラが「へえ」と言《い》った。

「赤《あか》ちゃんだったら、今《いま》すぐおうちに帰《かえ》って寝《ね》たほうがいいんじゃないの?」

「なんだって!?」

ヴァイオレットの眉間《みけん》にしわが寄《よ》り、怒《いか》りの表情《ひょうじょう》になった。

「こうなったら、おまえには少《すこ》しお仕置《しお》きが必要《ひつよう》なようだね」

「へえ、どうするつもり？　ワタシ、アンタに負《ま》けるつもりなんかないけど」

サラは持《も》っていた剣《けん》をかまえなおす。

「サラ、何《なに》をする気《き》なの!?」

驚《おどろ》く美希《みき》に、サラは「決《き》まってるでござる」と答《こた》えた。

「こうなったら、どっちが強《つよ》いか勝負《しょうぶ》でござる！」

サラは子《こ》どものころから剣《けん》の練習《れんしゅう》をしてきたことを思《おも》い返《かえ》した。すると手《て》の震《ふる》えも止《と》まり、落《お》ち着《つ》いた様子《ようす》になった。

「さあ、正々堂々勝負《せいせいどうどうしょうぶ》よ！」

サラはそう言《い》ってヴァイオレットを見《み》つめる。

そんなサラを見《み》て、ヴァイオレットは笑《え》みを浮《う》かべた。

「アタシの剣《けん》の腕《うで》が子《こ》どもの遊《あそ》びと一緒《いっしょ》だと思《おも》われるとは、なめられたもんだね。

いいさ、勝負《しょうぶ》してやろう。もちろん正々堂々《せいせいどうどう》とね」

ヴァイオレットは剣《けん》をかまえなおすと、ふとサラの背後《はいご》に目《め》をやった。

「だけど、まずはうしろにいるアタシの部下《ぶか》たちと勝負《しょうぶ》しな」

「えっ、部下《ぶか》たち？」

サラは思《おも》わずうしろを見《み》る。

だが、そこには美希《みき》しかしない。

「引《ひ》っかかったね！　部下《ぶか》なんて乗《の》ってるわけないだろう！」

その瞬間《しゅんかん》、ヴァイオレットが剣《けん》を振《ふ》り上《あ》げ、サラに襲《おそ》いかかった。

「サラ！」

「わっ！」

サラはとっさにヴァイオレットの攻撃《こうげき》を剣《けん》で防《ふせ》ぐ。

「卑怯者《ひきょうもの》！」

「ふん、勝《か》てばいいんだよ！」

「アンタなんかに絶対《ぜったい》負《ま》けないんだから！」

サラはヴァイオレットに体当《たいあ》たりをすると、距離《きょり》をとった。

「サラ！　ヴァイオレットさんもやめて！」

美希《みき》の声《こえ》が響《ひび》くなか、サラとヴァイオレットは同時《どうじ》に駆《か》け出《だ》す。

キンッ、キンッ

剣《けん》と剣《けん》がはげしくぶつかりあう。ヴァイオレットが攻《せ》めるとサラが守《まも》り、サラが攻撃《こうげき》するとヴァイオレットはひらりとよけた。

「なかなかだね。だけどまだまだ甘《あま》い」

ヴァイオレットは一歩《いっぽ》下《さ》がって距離《きょり》をとり、ニヤリと笑《わら》う。


「アタシの本気《ほんき》を見《み》せてやろう！」


目《め》をカッと見開《みひら》き、剣《けん》を突《つ》き出《だ》しながら、一気《いっき》にサラにつめ寄《よ》った。

ヴァイオレットはすばやい身《み》のこなしで剣《けん》を動《うご》かす。サラは必死《ひっし》にそれを防《ふせ》ぐが、攻撃《こうげき》は止《と》まらない。

「どうした？　もう限界《げんかい》？」

「まだまだ！」

「あら、そう。それじゃあこれはどう？」

ヴァイオレットはさらにすばやく剣《けん》を動《うご》かす。その動《うご》きにサラはついていけず、ヴァイオレットの剣《けん》がサラの剣《けん》を強《つよ》くはじいた。

「あっ」

サラは思《おも》わず剣《けん》を落《お》としてしまう。

「サラ!」

美希《みき》はあわててサラのもとへ駆《か》け寄《よ》る。

「子《こ》どもが大人《おとな》に勝《か》てるとでも思《おも》ってる?」

ヴァイオレットはフンと鼻《はな》を鳴《な》らし、近《ちか》くに落《お》ちていたロープを手《て》にとると、サラたちを縛《しば》ろうとする。

「まったく、海賊帽《かいぞくぼう》までかぶって。おまえなんかが海賊《かいぞく》になれるわけないだろ」

「それは……」

サラはそれ以上何《いじょうなに》も言《い》えず、ただ悔《くや》しそうな顔《かお》をした。

その瞬間《しゅんかん》、強《つよ》い風《かぜ》が吹《ふ》いた。

バサッと音《おと》がして、ヴァイオレットの顔《かお》に何《なに》かが張《は》りつく。

それは、財宝《ざいほう》の上《うえ》に広《ひろ》げられていた黒《くろ》ひげの海賊旗《かいぞくき》だ。

「ちょっとなんなの？？」

ヴァイオレットは張《は》りついた海賊旗《かいぞくき》をはがそうとする。

それを見《み》て、美希《みき》は目《め》を大《おお》きく見開《みひら》いた。

「そうだ！」

美希《みき》はとっさに、そばにあった破《やぶ》れて垂《た》れている帆《ほ》をつかんだ。

そのままその帆《ほ》を思《おも》いっきり引《ひ》っ張《ぱ》る。帆《ほ》は大《おお》きく破《やぶ》け、美希《みき》はそれをヴァイオレットに覆《おお》いかぶせた。


「きゃ！」


ヴァイオレットは帆《ほ》に体《からだ》を覆《おお》われ、パニックになってしまう。

「サラ、今《いま》のうちにヴァイオレットさんにロープを！」

「わかったでござる！」

ロープで縛《しば》れば動《うご》けなくなるはずだ。美希《みき》はヴァイオレットが拾《ひろ》おうとしていたロープをつかむと、サラとともに彼女《かのじょ》を縛《しば》ろうとした。

と突然《とつぜん》、船《ふね》の進《すす》むスピードがあがった。

「なんなの??」

美希《みき》はバランスをくずす。サラとヴァイオレットも大《おお》きくふらつく。

「この船《ふね》は数百年《すうひゃくねん》も前《まえ》のものだから、エンジンなんてないでござる。帆《ほ》もボロボロで、今《いま》は強《つよ》い風《かぜ》も吹《ふ》いてないでござるよ」

それなのに、船《ふね》はどんどんスピードをあげていく。

「これは一体《いったい》どういうこと??」

帆《ほ》と海賊旗《かいぞくき》を体《からだ》から取《と》ったヴァイオレットも、驚《おどろ》きながら船《ふね》を見《み》る。

船《ふね》はまるで何《なに》かに導《みちび》かれるかのように、スピードをあげ、まっすぐ進《すす》んでいった。

「真実《しんじつ》くん、見《み》つけたよ！」

少《すこ》し離《はな》れた海上《かいじょう》。健太《けんた》はハマッセンの操縦《そうじゅう》するボートに乗《の》りながら、前方《ぜんぽう》を見《み》ていた。

木造《もくぞう》の壊《こわ》れかけた船《ふね》が見《み》える。もうひとつの〝アン女王《じょおう》の復讐号《ふくしゅうごう》〟だ。

「どうしてあんな動《うご》きを？」

驚《おどろ》いたのは、ハマッセンだ。まるで数百年前《すうひゃくねんまえ》の黒《くろ》ひげの海賊《かいぞく》たちが乗《の》っているかのように

海上《かいじょう》をぐんぐん進《すす》んでいたのだ。

「サラちゃんかヴァイオレットさんが船《ふね》を操縦《そうじゅう》してるのかな？」

健太《けんた》はまっすぐ進《すす》む海賊船《かいぞくせん》を見《み》てそう言《い》う。

そんななか、真実《しんじつ》はハート形《がた》の島《しま》と海賊船《かいぞくせん》の位置《いち》を交互《こうご》に見《み》た。

船《ふね》は、島《しま》を背《せ》にして、まっすぐ進《すす》んでいる。

「あれは誰《だれ》かが操縦《そうじゅう》しているんじゃない。勝手《かって》に進《すす》んでいるんだ」

「どういうこと⁇」

驚《おどろ》く健太《けんた》に、真実《しんじつ》は海賊船《かいぞくせん》が進《すす》む海上《かいじょう》を指《ゆび》さした。

「あのあたりは、おそらく

『離岸流《りがんりゅう》』になっているんだ」

「何《なに》それ？」

「離岸流《りがんりゅう》というのは、岸《きし》から沖《おき》へと流《なが》れる海《うみ》の流《なが》れのことだよ」

それを聞《き》き、ハマッセンがハッとした。

「そうか、だから勝手《かって》に船《ふね》が前《まえ》に進《すす》んでいるでござるな！」

通常《つうじょう》、波《なみ》は岸《きし》に向《む》かって流《なが》れている。その流《なが》れが岸《きし》に打《う》ち寄《よ》せられるとき、岸《きし》に沿《そ》った横《よこ》の流《なが》れになる場合《ばあい》がある。その横《よこ》の流《なが》れがぶつかり合《あ》うことによって、岸《きし》から沖《おき》へと流《なが》れる離岸流《りがんりゅう》となるのだ。

「離岸流《りがんりゅう》は波《なみ》が海岸《かいがん》に対《たい》して直角《ちょっかく》に入《はい》る場《ば》所《しょ》で多《おお》く発生《はっせい》するんだ」

真実《しんじつ》はハート形《がた》の島《しま》のほうを見《み》た。海賊《かいぞく》

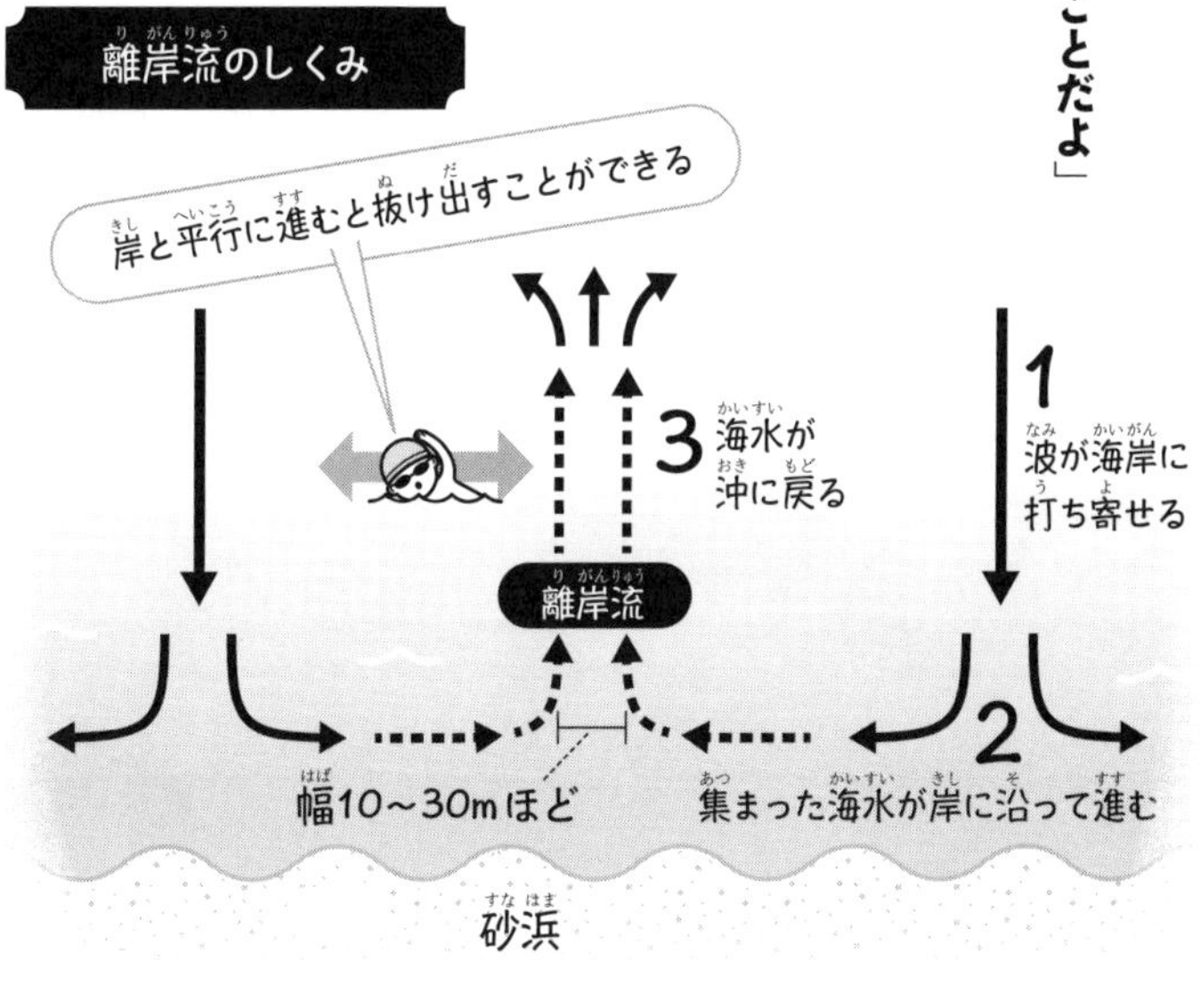
離岸流《りがんりゅう》のしくみ
岸《きし》と平行《へいこう》に進《すす》むと抜《ぬ》け出《だ》すことができる
1
波《なみ》が海岸《かいがん》に打《う》ち寄《よ》せる
2
集《あつ》まった海水《かいすい》が岸《きし》に沿《そ》って進《すす》む
3
海水《かいすい》が沖《おき》に戻《もど》る
離岸流《りがんりゅう》
幅《はば》10～30mほど
砂浜《すなはま》

船《せん》が洞窟《どうくつ》から海《うみ》へと出《で》た場所《ばしょ》こそ、まさにその条件《じょうけん》に合《あ》っていた。そのため、船《ふね》はまっすぐ進《すす》み出《だ》してしまったのだ。

「離岸流《りがんりゅう》は1秒間《びょうかん》に2メートルも進《すす》んでしまうんだ」

「ええ？　だったら早《はや》く美希《みき》ちゃんたちを助《たす》けないと」

「ああ。離岸流《りがんりゅう》は数百《すうひゃく》メートルも続《つづ》くことがある。あの船《ふね》はすでにボロボロだからいつ沈没《ちんぼつ》してもおかしくない」

それを聞《き》いて健太《けんた》は息《いき》をのんだ。

すると、ハマッセンが声《こえ》をあげた。

「海賊船《かいぞくせん》の前《まえ》を見《み》るでござる！」

健太《けんた》は、海賊船《かいぞくせん》が進《すす》む先《さき》を見《み》る。

「あああ！」

船《ふね》の進《すす》む先《さき》に、大《おお》きな岩《いわ》があった。

「これは黒《くろ》ひげのワナだ」

真実《しんじつ》はけわしい表情《ひょうじょう》で言《い》った。

「黒《くろ》ひげのワナ？」

健太《けんた》はそう言《い》いながら、「あっ」と声《こえ》をもらした。

「さっき、真実《しんじつ》くんが言《い》ってたよね。黒《くろ》ひげはもともと宝《たから》を誰《だれ》かに渡《わた》す気《き》なんかなくて、もしも宝《たから》が見《み》つかったときは、船《ふね》もろとも地獄《じごく》へ連《つ》れていくつもりだって。それって、船《ふね》が海《うみ》に流《なが》れることだけじゃなかったんだ」

このままでは、海賊船《かいぞくせん》は離岸流《りがんりゅう》に乗《の》って岩《いわ》に激突《げきとつ》し、あっという間《ま》にバラバラになって海《うみ》に沈《しず》んでしまうだろう。そうなれば、乗《の》っている美希《みき》たちの命《いのち》も危《あぶ》ない。

「ハマッセンさん、離岸流《りがんりゅう》に注意《ちゅうい》しながらボートを近《ちか》づけてください！」

「わかったでござる！」

「真実《しんじつ》くん、近《ちか》づいて大丈夫《だいじょうぶ》なの？」

「離岸流《りがんりゅう》の幅《はば》は10メートルから広《ひろ》くても30メートルぐらいなんだ。注意《ちゅうい》して近《ちか》づけば大丈夫《だいじょうぶ》。それにボートのエンジンの馬力《ばりき》なら万《まん》が一《いち》、離岸流《りがんりゅう》にのみ込《こ》まれても脱出《だっしゅつ》できるはずだよ」

「2人《ふたり》とも行《い》くでござるよ！」

ハマッセンは、海賊船《かいぞくせん》に向《む》かってボートを走《はし》らせた。

一方《いっぽう》、サラたちは甲板《かんぱん》でパニックになっていた。

岩《いわ》にぶつかりそうになっていることに気《き》づいたのだ。

「このままじゃ沈没《ちんぼつ》しちゃうでござる！」

サラはあわてて甲板《かんぱん》のうしろへ走《はし》る。

「サラ、どこに行《い》くの？」

「岩《いわ》をよけるでござる！」

甲板《かんぱん》のうしろには、木製《もくせい》の舵輪《だりん》があった。

「そっか、あれを動《うご》かせば舵《かじ》を取《と》れるんだね！」

舵《かじ》を取《と》れば、船《ふね》が針路《しんろ》を変《か》えることができ、岩《いわ》にぶつからずにすむ。

サラは舵輪《だりん》の前《まえ》までやってくると、それを回《まわ》そうとする。だが、大《おお》きな音《おと》が響《ひび》いた。


ボキッ！

木製《もくせい》の台《だい》の一部《いちぶ》が壊《こわ》れ、舵輪《だりん》が外《はず》れてしまったのだ。

「取《と》れちゃったでござる！」


とまどうサラのそばに美希《みき》もやってくる。

「木《き》が腐《くさ》ってたのよ」

「美希《みき》、どうすればいいでござるか⁇」

「それはええっと……」

美希《みき》は困惑《こんわく》しながらも、ふと船《ふね》の後方《こうほう》を見《み》た。

そこには、1隻《せき》のボートが走《はし》っている。目《め》を凝《こ》らすと真実《しんじつ》たちが乗《の》っていた。

「助《たす》けに来《き》てくれたのね！」

「父上《ちちうえ》もいるでござる！」

「助《たす》けて～！」

美希《みき》とサラは真実《しんじつ》たちに向《む》かって手《て》を大《おお》きく振《ふ》った。

「美希《みき》ちゃん！　サラちゃん！　今《いま》すぐ離岸流《りがんりゅう》から助《たす》けるからね！」

健太《けんた》が大声《おおごえ》で叫《さけ》ぶ。

それを聞《き》き、サラが驚《おどろ》く。

「離岸流《りがんりゅう》に流《なが》されていたでござるか。だから船《ふね》が勝手《かって》に動《うご》いていたでござるね！」

サラは美希《みき》のほうを見《み》た。

「早《はや》くボートに飛《と》び移《うつ》るでござる！」

「うん！」

2人《ふたり》は甲板《かんぱん》のへりへ向《む》かおうとした。しかし、ヴァイオレットが声《こえ》をあげた。

「アタシは絶対《ぜったい》に下《お》りない！　目《め》の前《まえ》に宝《たから》があるんだよ！」

そう言《い》うと、ヴァイオレットは財宝《ざいほう》のほうへと走《はし》る。

「ちょっと！　お宝《たから》のことなんて考《かんが》えてる場合《ばあい》じゃないでしょ！　サラ、ヴァイオレットさんを止《と》めよう！」

「わかったでござる！」

瞬間《しゅんかん》、海賊船《かいぞくせん》がまた大《おお》きく揺《ゆ》れた。

船《ふね》はさらに岩《いわ》に近《ちか》づく。

「このままじゃ船《ふね》がぶつかっちゃう！」

美希《みき》とサラはあわててヴァイオレットのもとへ向《む》かった。

「早《はや》く海賊船《かいぞくせん》を止《と》めないと！」

ボートでは、健太《けんた》が声《こえ》をあげていた。

ハマッセンがそれに答《こた》える。

「どうやら舵《かじ》が取《と》れないようでござるな。せめて針路《しんろ》を変《か》えられれば、岩《いわ》には衝突《しょうとつ》しないですむでござるが」

「それなら、ボートで海賊船《かいぞくせん》を押《お》せばいいかも」

「健太殿《けんたどの》、動《うご》いている船《ふね》を押《お》すのは不可能《ふかのう》でござる。そもそも、このボートで押《お》したところで、全長《ぜんちょう》30メートルはありそうなあの船《ふね》はなかなか動《うご》かせないでござるよ」

「もっと強《つよ》い力《ちから》が必要《ひつよう》ってこと??」

「強《つよ》い力《ちから》……」

健太《けんた》の言葉《ことば》に、真実《しんじつ》はポツリとつぶやいた。

「なんとかして針路《しんろ》を変《か》えないと！」

健太《けんた》は必死《ひっし》に海《うみ》を見《み》る。そのとき、健太《けんた》は前方《ぜんぽう》の海面《かいめん》を見《み》て、思《おも》わず首《くび》をかしげた。

「あれは何《なん》なの??」

海賊船《かいぞくせん》から少《すこ》し離《はな》れた場所《ばしょ》にある海面《かいめん》の一《いっ》か所《しょ》が、白《しろ》く泡立《あわだ》っていたのだ。

「どうしてあそこだけ泡《あわ》が浮《う》かんでくるの？　あれも黒《くろ》ひげのワナ？」

「だけど、なんの意味《いみ》があるでござる？　岩《いわ》からも離岸流《りがんりゅう》からも離《はな》れているでござるよ」

「そうだよね」

「あんな泡《あわ》、初《はじ》めて見《み》たでござる」

「黒《くろ》ひげのワナじゃないとしたら……、もしかして、バミューダトライアングルの呪《のろ》いなんじゃ??」

ハート形《がた》の島《しま》は、船《ふね》を沈《しず》める呪《のろ》われた海域《かいいき》といわれるバミューダトライアングルの中《なか》にある。健太《けんた》はそれを思《おも》い出《だ》して震《ふる》えあがった。

一方《いっぽう》、真実《しんじつ》はその白《しろ》くなった海面《かいめん》をじっと見《み》つめていた。


「あれは……」


次《つぎ》の瞬間《しゅんかん》、真実《しんじつ》は大《おお》きくうなずいた。

「美希《みき》さんたちを助《たす》けられるかもしれない！」

「えええ？　真実《しんじつ》くん、どうやって??」

「健太《けんた》くんが見《み》つけた海面《かいめん》にあがってくるあの泡《あわ》を利用《りよう》するんだ。あの海底《かいてい》には、おそらく『メタンハイドレート』が埋《う》まっている」

「メタンハイドレート⁇」

とまどう健太《けんた》に、真実《しんじつ》は説明《せつめい》をした。

「メタンハイドレートは、天然《てんねん》ガスのおもな成分《せいぶん》であるメタンが水《みず》と結合《けつごう》し、結晶化《けっしょうか》したもので、海底《かいてい》の深《ふか》い場所《ばしょ》や極地《きょくち》の永久凍土《えいきゅうとうど》の層《そう》の中《なか》にあるんだ」

永久凍土《えいきゅうとうど》
地面《じめん》の温度《おんど》が０℃以下《いか》の状態《じょうたい》が２年以上《ねんいじょう》続《つづ》く場所《ばしょ》のこと。地球《ちきゅう》の北半球《きたはんきゅう》の陸域《りくいき》のうち、25％ほどを占《し》める。地球温暖《ちきゅうおんだん》化《か》によって溶《と》けてしまうと、その中《なか》の温室効果《おんしつこうか》ガスのメタンが放出《ほうしゅつ》されると懸念《けねん》されている。

「そんなものがあるんだ」

「一説《いっせつ》には、バミューダトライアングルで船《ふね》が沈《しず》むのは、海底地震《かいていじしん》などによって海底《かいてい》のメタンハイドレートが掘《ほ》り出《だ》され、メタンが気化《きか》して大量《たいりょう》の気泡《きほう》となって海面《かいめん》に浮《う》かぶせいだと言《い》われているんだ。気泡《きほう》が大量《たいりょう》に海面《かいめん》にあがったことにより水《みず》の密度《みつど》が下《さ》がって、浮力《ふりょく》を失《うしな》ってしまうんだよ」

「浮力《ふりょく》を？」

「なるほど、浮力《ふりょく》がないと船《ふね》は浮《う》かぶことができないでござる。それで沈《しず》んでしまうということでござるな」

ハマッセンがそう言《い》うと、真実《しんじつ》は「ええ」とうなずいた。

「おそらく最近《さいきん》、地震《じしん》が起《お》きて、海底《かいてい》のメタンが気泡《きほう》になって海面《かいめん》にあがってきたんだ。それがあの真《ま》っ白《しろ》な泡《あわ》だよ。あの上《うえ》を船《ふね》が通《とお》ると沈《しず》んでしまう可能性《かのうせい》がある。だけど、逆《ぎゃく》にあのメタンをうまく利用《りよう》すれば、あの船《ふね》の針路《しんろ》を変《か》えることができるはずだ」

真実《しんじつ》は眼鏡《めがね》をクイッとあげると、健太《けんた》たちを見《み》た。

「科学《かがく》で解《と》けないナゾはない。健太《けんた》くん、美希《みき》さんたちを助《たす》けよう！」

真実《しんじつ》は、メタンを利用《りよう》して、どのように海賊船《かいぞくせん》の針路《しんろ》を変《か》えようとしているのだろうか？

メタンガスは火《ひ》を近《ちか》づけると燃《も》えたり爆発《ばくはつ》したりするんだ。

解《かい》決《けつ》編《へん》

「真実《しんじつ》くん、メタンを使《つか》ってどうやって針路《しんろ》を変《か》えるの？」

「健太《けんた》くん、以前《いぜん》、※『花森《はなもり》グリーンワールド』にあった『カナリア・ルーム』という地下《ちか》室《しつ》のことは覚《おぼ》えているかい？」

「うん。『エデン・プロジェクト』をしていた清井《きよい》社長《しゃちょう》が、ぼくたちを閉《と》じ込《こ》めた部屋《へや》だよね？」

「そう。あのとき、ぼくたちはあるものを使《つか》って脱出《だっしゅつ》したよね」

「あるもの？　あっ、メタンガスを爆発《ばくはつ》させたよね！」

「そのとおり」

真実《しんじつ》はそう答《こた》えると、泡《あわ》の浮《う》かんでいる海面《かいめん》を見《み》た。

「あのあたりには大量《たいりょう》のメタンがある。それは海面《かいめん》だけじゃない。海面《かいめん》の上《うえ》にも大量《たいりょう》のメタンがガスになって漂《ただよ》っているんだ」

「海面《かいめん》の上《うえ》にも？　あっ！　それじゃあ、あのあたりに火《ひ》を近《ちか》づけると爆発《ばくはつ》するってこと？」

健太《けんた》の言葉《ことば》に真実《しんじつ》はうなずくと、サラたちを乗《の》せた海賊船《かいぞくせん》のほうに目《め》をやった。

※『科学探偵《かがくたんてい》vs.《ブイエス》超《ちょう》・自然現象《しぜんげんしょう》（後編《こうへん》）』参照《さんしょう》。

船《ふね》の向《む》きを変《か》える方法《ほうほう》

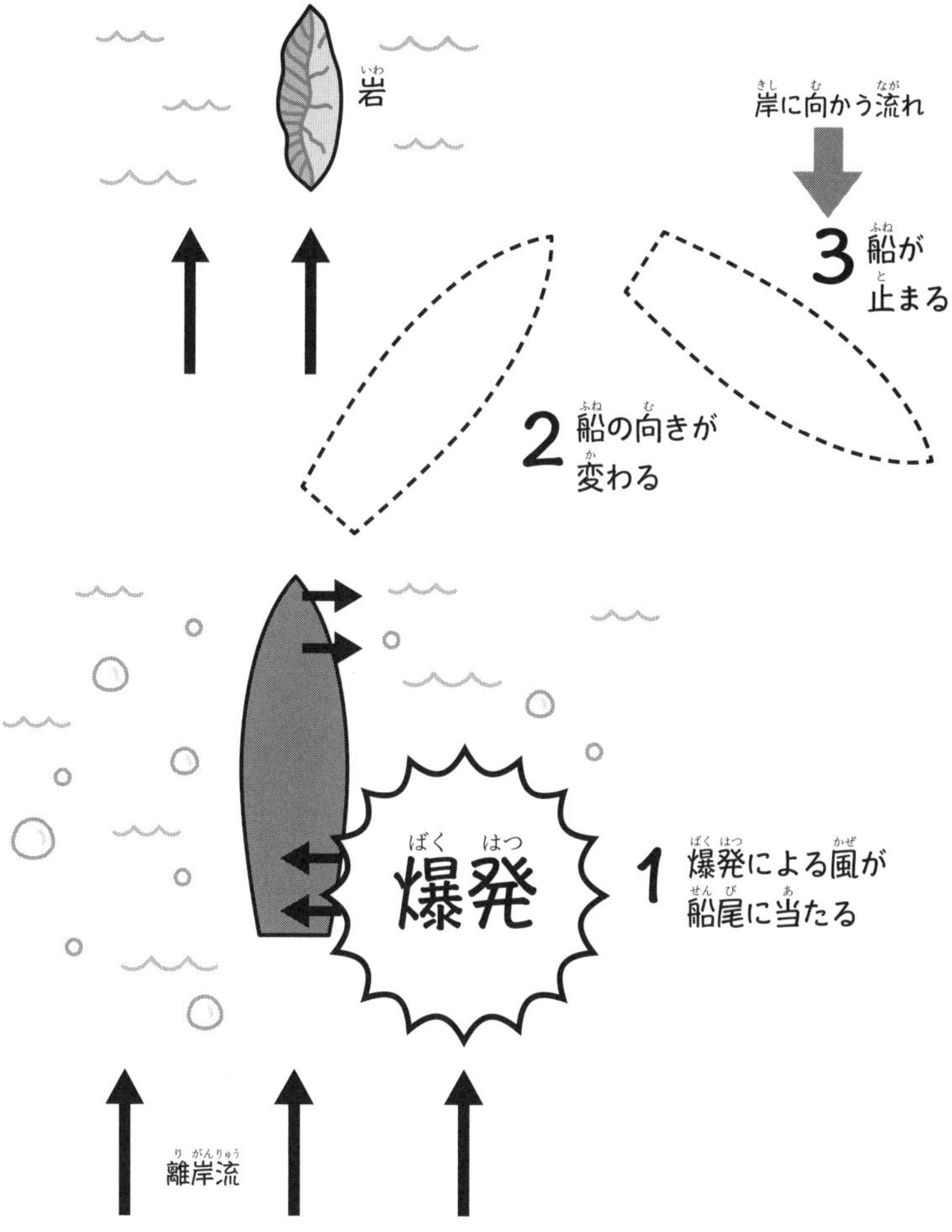

岩《いわ》
岸《きし》に向《む》かう流《なが》れ
3 船《ふね》が止《と》まる
2 船《ふね》の向《む》きが変《か》わる
爆発《ばくはつ》
1 爆発《ばくはつ》による風《かぜ》が船尾《せんび》に当《あ》たる
離岸流《りがんりゅう》

「うまく爆発《ばくはつ》を起《お》こせれば爆風《ばくふう》が発生《はっせい》し、強《つよ》い風《かぜ》が吹《ふ》く。それを海賊船《かいぞくせん》の船体《せんたい》に当《あ》てて針路《しんろ》を変《か》え、離岸流《りがんりゅう》から脱出《だっしゅつ》させるんだ」

岩《いわ》は、離岸流《りがんりゅう》の先《さき》にある。船《ふね》が離岸流《りがんりゅう》から脱出《だっしゅつ》できれば、ぶつからずにすむのだ。

「ハマッセンさん、何《なに》か火《ひ》をつける道具《どうぐ》はありますか？」

「点火用《てんかよう》のライターならあるでござるよ。アルコールランプをつけるときに使《つか》うでござる」

「アルコールランプ！」

「そこの道具箱《どうぐばこ》に入《はい》っているでござる」

ボートの隅《すみ》に発泡《はっぽう》スチロール製《せい》の箱《はこ》があり、その中《なか》にアルコールランプやライター、それに釘《くぎ》や木材《もくざい》、鉄《てつ》パイプや細《ほそ》いアルミパイプ、ペンチや金《かな》づちなどが入《はい》っていた。

「アルミパイプもある。これならあれを作《つく》れる」

「真実《しんじつ》くん、何《なに》を作《つく》るの？」

「『ポンポン船《せん》』だよ」

「えええ⁇」

「メタンガスが漂《ただよ》う場所《ばしょ》に火《ひ》を近《ちか》づけると、すぐに爆発《ばくはつ》してしまうんだ。それだと、ぼくたちも爆発《ばくはつ》に巻《ま》き込《こ》まれてしまう。離《はな》れる時間《じかん》を稼《かせ》がないといけないんだ」

真実《しんじつ》は、美希《みき》たちのほうを見《み》て叫《さけ》んだ。

「みんな、船《ふね》にしがみついて！」

「しがみつく⁇」

美希《みき》とサラは何《なに》が起《お》きるかわからないまま、あわててマストにしがみつく。ヴァイオレットもマストを抱《だ》きしめた。

「ハマッセンさん、ボートをあのメタンの浮《う》かぶ場所《ばしょ》に少《すこ》し近《ちか》づけてください」

「了解《りょうかい》でござる！」

ハマッセンはボートのスピードをあげ、泡立《あわだ》った海面《かいめん》から少《すこ》し離《はな》れたところに、とまった。

サラたちを乗《の》せた海賊船《かいぞくせん》が、その泡立《あわだ》つ海面《かいめん》のそばを通《とお》り過《す》ぎていく。

真実《しんじつ》はそれをじっと見《み》つめる。

「海賊船《かいぞくせん》はボロボロで、船体《せんたい》の横《よこ》に爆風《ばくふう》を受《う》けると壊《こわ》れてしまう可能性《かのうせい》がある」

真実《しんじつ》は海賊船《かいぞくせん》のうしろ、船尾《せんび》を見《み》た。

「だから、うまく船尾《せんび》にだけ爆風《ばくふう》を当《あ》てれば」

船尾《せんび》だけが横《よこ》から風《かぜ》を受《う》ければ、船体《せんたい》を破壊《はかい》することなく、船《ふね》の針路《しんろ》の角度《かくど》を変《か》えられる。そうすれば離岸流《りがんりゅう》から脱出《だっしゅつ》し、岩《いわ》にぶつからずにすむというわけだ。

真実《しんじつ》は、発泡《はっぽう》スチロール製《せい》の箱《はこ》の中《なか》に入《はい》っていたものを全部取《ぜんぶと》りだすと、細《ほそ》いアルミパイプを鉄《てつ》パイプに巻《ま》きつけ始《はじ》めた。

「まず、アルミパイプをコイル状《じょう》にするんだ。コイルを箱《はこ》の内側《うちがわ》にセットして、アルミパイプの先《さき》を箱《はこ》の外《そと》に突《つ》き出《だ》す」

真実《しんじつ》はアルコールランプに火《ひ》をつけ、アルミパイプのコイルの下《した》に置《お》いた。

「コイルの中《なか》を水《みず》で満《み》たすと、一部《いちぶ》がランプの火《ひ》によって水蒸気《すいじょうき》になって、水《みず》がパイプから噴《ふ》き出《だ》す。その勢《いきお》いでポンポン船《せん》が動《うご》くんだ」

ポンポン船《せん》のしくみ

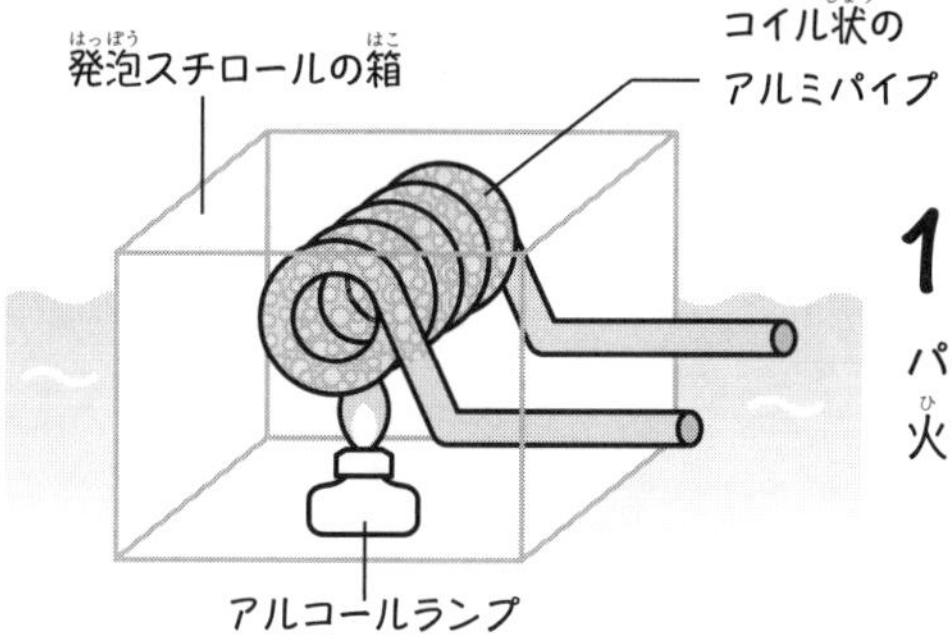

1

パイプの中《なか》の水《みず》が
火《ひ》であたためられる

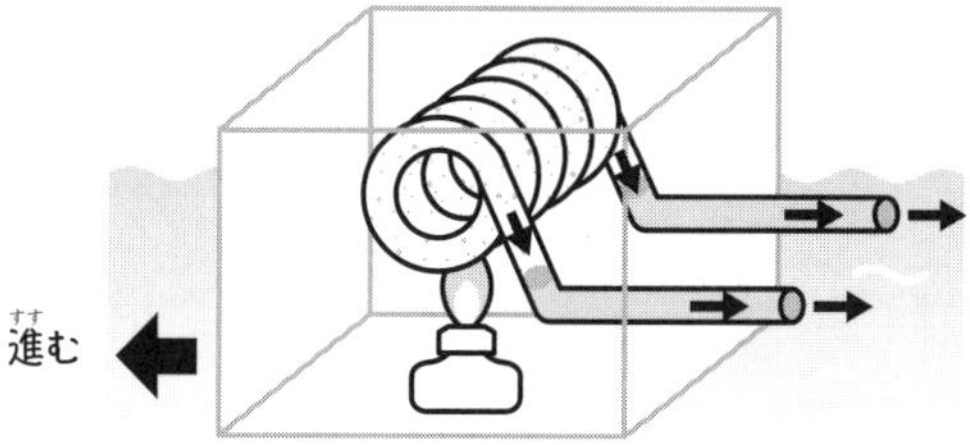

2

パイプの中《なか》の水《みず》が
水蒸気《すいじょうき》になってふくらみ、
水《みず》を押《お》し出《だ》し、その勢《いきお》いで
前《まえ》に進《すす》む

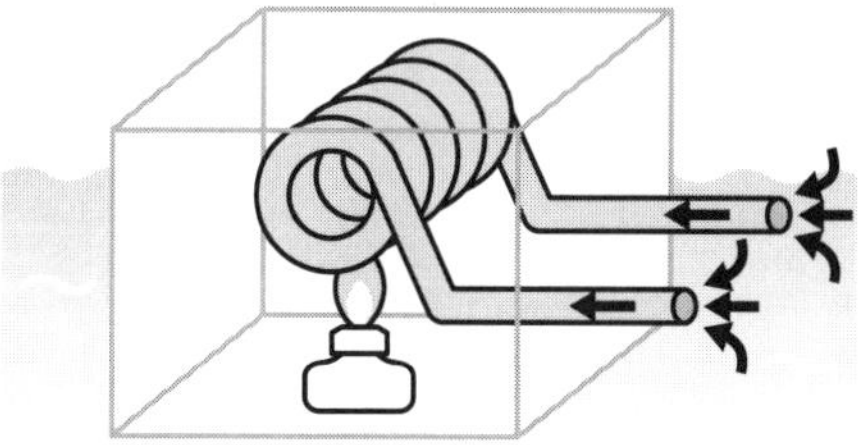

3

パイプの中《なか》にまた水《みず》が入《はい》り、
あたためられる
①→②→③がくり返《かえ》され、
船《ふね》が前《まえ》に進《すす》む

真実《しんじつ》はポンポン船《せん》を海《うみ》の上《うえ》に置《お》いた。

すると、ポンポン船《せん》がゆっくりと前《まえ》に進《すす》み始《はじ》めた。

「ハマッセンさん、できるだけ遠《とお》くに離《はな》れて！」

「わかったでござる！」

ハマッセンはあわててボートを動《うご》かす。

「ポンポン船《せん》がメタンの漂《ただよ》う場所《ばしょ》へと近《ちか》づくと、アルコールランプの火《ひ》によってメタンガスが爆発《ばくはつ》を起《お》こすんだ。それは海賊船《かいぞくせん》の船尾《せんび》がそばを通《とお》るときだ」

真実《しんじつ》たちはボートの上《うえ》から、泡立《あわだ》つ水面《すいめん》とサラたちを乗《の》せた海賊船《かいぞくせん》を同時《どうじ》に見《み》た。

海賊船《かいぞくせん》は、船尾《せんび》がちょうど泡立《あわだ》つ水面《すいめん》のそばを通《とお》り過《す》ぎようとした。

その瞬間《しゅんかん》——、

ドオオオン！

大《おお》きな音《おと》とともに激《はげ》しく炎《ほのお》が舞《ま》い上《あ》がり、爆風《ばくふう》が起《お》きる。

「きゃあああ！」

海賊船《かいぞくせん》に乗《の》っている美希《みき》たちは、悲鳴《ひめい》をあげる。
船体《せんたい》が大《おお》きく揺《ゆ》れた。

「沈没《ちんぼつ》するでござる！」

サラが声《こえ》をあげる。だが、美希《みき》はすぐにサラに向《む》かって叫《さけ》んだ。

「前《まえ》を見《み》て！」

サラはマストにしがみつきながら、前《まえ》を見《み》る。

「あっ！」

今《いま》まで前方《ぜんぽう》に見《み》えていた岩《いわ》が見《み》えない。サラが顔《かお》を動《うご》かすと、岩《いわ》は横《よこ》に見《み》えていた。

爆風《ばくふう》が船尾《せんび》に当《あ》たり、船《ふね》の針路《しんろ》が変《か》わったのだ。

海賊船《かいぞくせん》はその勢《いきお》いで離岸流《りがんりゅう》からも脱出《だっしゅつ》できた。

「やった〜！」

「助《たす》かったでござる！」

美希《みき》とサラは手《て》を取《と》り合《あ》って喜《よろこ》ぶ。

「よ、よかった〜」

ヴァイオレットもマストにしがみつきながら、ホッと息《いき》をはく。

離岸流《りがんりゅう》から出《で》た海賊船《かいぞくせん》は、徐々《じょじょ》にスピードが落《お》ち、ゆっくりととまった。

「これでボートに飛《と》び移《うつ》れる」

サラと美希《みき》はそう思《おも》った。だが――、

ガタン！

船《ふね》がまた大《おお》きく揺《ゆ》れた。

「きゃあ！」

美希《みき》たちはふらつき、よろめく。

ガタン！　ガタガタッ　ガタンッ！

船《ふね》のあちこちから何《なに》かが壊《こわ》れる音《おと》がする。

「これって！」

声《こえ》をあげたのは、ボートで海賊船《かいぞくせん》の真横《まよこ》にたどり着《つ》いた健太《けんた》だ。

「船《ふね》が沈没《ちんぼつ》しちゃう！」

海賊船《かいぞくせん》が海《うみ》に沈《しず》み始《はじ》めたのだ。

「爆風《ばくふう》でうまく針路《しんろ》を変《か》えられたけど、船《ふね》はすでに限界《げんかい》だったみたいだ」

真実《しんじつ》は海賊船《かいぞくせん》を見上《みあ》げると、甲板《かんぱん》の上《うえ》にいる美希《みき》たちに声《こえ》をかけた。

「今《いま》すぐ船《ふね》から飛《と》び降《お》りるんだ！」

このままでは海賊船《かいぞくせん》もろとも美希《みき》たちは海《うみ》へ沈《しず》んでしまう。

「くうう、こんな怖《こわ》い経験《けいけん》は初《はじ》めてだよ！　沈《しず》むなんて絶対《ぜったい》に嫌《いや》だっ！」

ヴァイオレットは甲板《かんぱん》のへりへと走《はし》ると、海《うみ》に飛《と》び込《こ》む。

健太《けんた》たちはそんな彼女《かのじょ》をボートに引《ひ》き揚《あ》げた。

「サラ、わたしたちも行《い》こう！」

美希《みき》はそう言《い》って甲板《かんぱん》のへりへと向《む》かう。

しかし、サラがいない。

サラは少《すこ》し離《はな》れた場所《ばしょ》に積《つ》まれていた財宝《ざいほう》の山《やま》へ行《い》こうとしていた。

「サラ、何《なに》してるの⁉」

「財宝《ざいほう》を運《はこ》ばないと！　このままじゃ海《うみ》に沈《しず》んじゃうでござる！」

「それじゃさっきのヴァイオレットさんと同《おな》じじゃない！」

「違《ちが》うでござる！　ワタシは冒険《ぼうけん》を乗《の》り越《こ》えた証《あか》しがほしいんでござる！」

サラは財宝《ざいほう》の山《やま》に駆《か》け寄《よ》ろうとした。

その手《て》を誰《だれ》かがつかんだ。美希《みき》だ。

「サラ！　あなたが必死《ひっし》にがんばったことは、わたしがちゃんと見《み》てた。それが証《あか》し！　どれだけ財宝《ざいほう》を手《て》に入《い》れようが、命《いのち》を失《うしな》ったら、どんな冒険《ぼうけん》をしても意味《いみ》がないんだから！」

「そ、それは……」

サラはそれを聞《き》き、かつて母親《ははおや》が言《い》っていた言葉《ことば》を思《おも》い出《だ》した。

――宝《たから》は争《あらそ》いのもとになるの。海賊《かいぞく》たちの多《おお》くは宝《たから》を手《て》に入《い》れようとして大冒険《だいぼうけん》をしたわ。だけどそのせいで命《いのち》を落《お》とした。お母《かあ》さんはね、あなたにはそんなふうになってほしくないの。だって、あなたのことを大切《たいせつ》に思《おも》っているから――。

「ママ……」

次《つぎ》の瞬間《しゅんかん》、サラは美希《みき》のほうを見《み》た。

「美希《みき》！　逃《に》げるでござる！」

サラと美希《みき》は甲板《かんぱん》のへりへと走《はし》った。

「2人《ふたり》とも早《はや》く！」

ボートでは、真実《しんじつ》たちが声《こえ》をあげている。

美希《みき》は海《うみ》に向《む》かって飛《と》び込《こ》もうとした。

しかし、その距離《きょり》は10メートル近《ちか》くある。美希《みき》は思《おも》わず飛《と》ぶのをためらう。

だが、そんな美希《みき》の手《て》を、サラがにぎった。

「一緒《いっしょ》に飛《と》ぶでござる！」

サラは恐怖《きょうふ》で体《からだ》を震《ふる》わせながらも、勇気《ゆうき》をふりしぼって言《い》った。

「サラ……。うん、一緒《いっしょ》に飛《と》ぼう！」

美希《みき》はうなずくと、まっすぐ前《まえ》を見《み》る。

サラは、海賊帽《かいぞくぼう》を投《な》げ捨《す》てる。

「これはもう必要《ひつよう》ないでござる！」

そして、一歩前《いっぽまえ》に出《で》た。

「行《い》くでござるよ!!」

サラと美希《みき》は、しっかりと互《たが》いの手《て》をにぎりしめると、大《おお》きくジャンプした。

「やあああ！」

ドボーン！


2人同時《ふたりどうじ》に、ボートのそばの海《うみ》に落《お》ちる。

「サラちゃん！　美希《みき》ちゃん！」

健太《けんた》たちはあわてて美希《みき》とサラをボートに引《ひ》き揚《あ》げた。

「よかった〜、みんな無事《ぶじ》で」

「サラ、心配《しんぱい》したでござるよ！」

「ごめんなさい。父上《ちちうえ》」

そのとき、海賊船《かいぞくせん》が大《おお》きく揺《ゆ》れ動《うご》いた。


「ああ、船《ふね》が！」

ゴゴゴゴオオ

もうひとつの〝アン女王《じょおう》の復讐号《ふくしゅうごう》〟は大《おお》きな音《おと》を立《た》てながら、ゆっくりと海《うみ》の中《なか》に沈《しず》んでいった。

「危《あぶ》なかった。寸前《すんぜん》のところで助《たす》かったみたいね」

美希《みき》の言葉《ことば》に、健太《けんた》とハマッセンがうなずく。

「先祖《せんぞ》の財宝《ざいほう》が……」

ヴァイオレットはそれをぼうぜんと見《み》つめていた。

と、沈《しず》む海賊船《かいぞくせん》の向《む》こうから何《なに》かが輝《かがや》き、ボートに座《すわ》る一同《いちどう》を照《て》らした。

それは、夕日《ゆうひ》である。夕日《ゆうひ》が水面《すいめん》を赤《あか》く染《そ》めていく。

「きれい〜」

美希《みき》と健太《けんた》はその美《うつく》しさに思《おも》わず見《み》とれる。

そんな彼《かれ》らの横《よこ》で、サラが何《なに》かを思《おも》い出《だ》した。

「さっき洞窟《どうくつ》のガイコツの天秤《てんびん》のところで、古《ふる》い布《ぬの》を拾《ひろ》ったでござる」

ポケットに入《い》れていたその布《ぬの》を取《と》り出《だ》すと、サラは一同《いちどう》に見《み》せた。

布《ぬの》には文字《もじ》が書《か》かれている。

「このサインは……」

真実《しんじつ》は布《ぬの》に書《か》かれているサインを見《み》てつぶやいた。

「アン・ボニーのサインだね」

「ええ？　ご先祖様《せんぞさま》が書《か》いたってことでござるか？」

驚《おどろ》くサラに、美希《みき》は「そっか」と言《い》った。

「アン・ボニーは黒《くろ》ひげが隠《かく》していた海賊船《かいぞくせん》の前《まえ》までたどり着《つ》いて、天秤《てんびん》の謎《なぞ》の解《と》き方《かた》もわかっていたんだもんね。これは何《なに》かのメッセージなんじゃない？」

美希《みき》に言《い》われ、サラは布《ぬの》に書《か》かれた文字《もじ》を読《よ》んだ。

「『真《しん》の勇者《ゆうしゃ》は、欲《よく》に負《ま》けず命《いのち》を大事《だいじ》にできる者《もの》。その者《もの》だけが本当《ほんとう》の宝《たから》を手《て》に入《い》れることができる』。そう書《か》かれているでござる」

「真《しん》の勇者《ゆうしゃ》かあ」

「美希《みき》のおかげで、ワタシは引《ひ》き返《かえ》すことができたでござる。だからこんなキレイな夕日《ゆうひ》を

見《み》ることができたでござるよ」

「それが本当《ほんとう》の宝《たから》だったのかも」

「宝《たから》は夕日《ゆうひ》だけじゃないでござる」

サラは美希《みき》たちをじっと見《み》つめた。

「ワタシは今回《こんかい》の冒険《ぼうけん》を通《とお》して、本当《ほんとう》に大切《たいせつ》なものを知《し》ったでござる。それは、『仲間《なかま》』でござる。美希《みき》、真実殿《しんじつどの》、健太殿《けんたどの》、ワタシにとってみんなは何《なに》よりも大切《たいせつ》な宝《たから》でござる」

「サラ……」

美希《みき》はほほえむ。

「やっぱり2人《ふたり》は、アン・ボニーとメアリ・リードみたいだね」

ふと、健太《けんた》が言《い》った。

「アン・ボニーとメアリ・リードはどんな困難《こんなん》でも2人《ふたり》で乗《の》り越《こ》えていった大親友《だいしんゆう》でしょ。

美希《みき》ちゃんとサラちゃんもそうだと思《おも》うんだ」

健太《けんた》の言葉《ことば》に真実《しんじつ》もうなずいた。

「なるほど。たしかにそうかもしれないね」

「わたしたちは」

「ご先祖様《せんぞさま》たちみたい、でござる。あっぱれでござる！」

美希《みき》とサラは互《たが》いの顔《かお》を見《み》て笑《わら》う。

健太《けんた》とハマッセン、真実《しんじつ》もほほえんだ。

夕日《ゆうひ》が赤《あか》く照《て》らすなか、どこまでも広《ひろ》がる海《うみ》に明《あか》るい笑《わら》い声《ごえ》が響《ひび》きわたるのだった。

4

SCIENCE TRICK DATA FILE

科学《かがく》トリック データファイル

人工《じんこう》のメタンハイドレートが燃《も》える様子《ようす》

日《に》本《ほん》近《きん》海《かい》にもあるメタンハイドレート

天然《てんねん》ガスのメタンと水《みず》が結《むす》びついてできた、氷状《こおりじょう》のものが「メタンハイドレート」です。火《ひ》を近《ちか》づけると燃《も》えるので、「燃《も》える氷《こおり》」とも呼《よ》ばれます。1立方《りっぽう》メートルのメタンハイドレートから約《やく》160立方《りっぽう》メートルのメタンガスができ、燃料《ねんりょう》として使《つか》うこともできます。

深海《しんかい》から掘《ほ》り出《だ》す方法《ほうほう》が研究《けんきゅう》されているよ

次世代《じせだい》エネルギーとして注目《ちゅうもく》

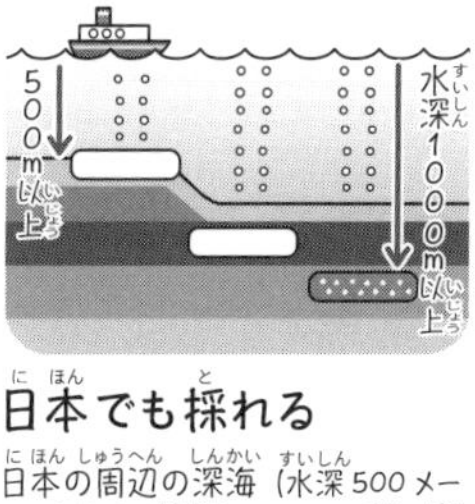

日本《にほん》でも採《と》れる

日本《にほん》の周辺《しゅうへん》の深海《しんかい》（水深《すいしん》500メートル以上《いじょう》）の海底《かいてい》や、さらに深《ふか》い泥《どろ》や砂《すな》の層《そう》に埋《う》まっている

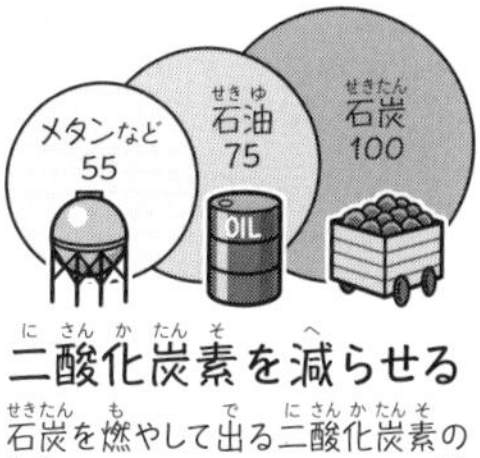

二酸化炭素《にさんかたんそ》を減《へ》らせる

石炭《せきたん》を燃《も》やして出《で》る二酸化炭素《にさんかたんそ》の量《りょう》を100とすると、メタンなどの天然《てんねん》ガスは55と少《すく》ない

翌日《よくじつ》、真実《しんじつ》たちは帰国《きこく》することになり、空港《くうこう》でサラとハマッセンと別《わか》れることとなった。

「いやあ、やっと体調《たいちょう》が戻《もど》ったよ〜」

腹痛《ふくつう》から回復《かいふく》したハマセンが、ガッハッハと笑《わら》う。

「先生《せんせい》がホテルで寝《ね》てる間《あいだ》、ほんと大変《たいへん》だったんだから」

美希《みき》たちはのんきに笑《わら》うハマセンを見《み》てあきれる。

そんななか、健太《けんた》が口《くち》を開《ひら》いた。

「ヴァイオレットさんは幽霊船騒動《ゆうれいせんそうどう》の犯人《はんにん》だってわかって、警察《けいさつ》に事情《じじょう》を聴《き》かれているんだよね？」

「彼女《かのじょ》、かなり反省《はんせい》してるみたいでござるよ。彼女自身《かのじょじしん》も今《いま》までさんざんトレジャーハントの仕事《しごと》でひどい目《め》にあってきたでござる。もともとは海《うみ》を愛《あい》するいい人間《にんげん》なんでござるよ」

ハマッセンが言《い》う。

「そうだね。ぼくも根《ね》っからのワルじゃないと思《おも》う」

健太《けんた》の言葉《ことば》に一同《いちどう》うなずいた。

「だけど、財宝《ざいほう》はまた眠《ねむ》りについちゃったね」

美希《みき》は海《うみ》に沈《しず》んだ財宝《ざいほう》を思《おも》う。もうひとつのアン女王《じょおう》の復讐号《ふくしゅうごう》の沈《しず》んだ海域《かいいき》は水深《すいしん》が深《ふか》く、捜索《そうさく》するのは不可能《ふかのう》だったのだ。

「黒《くろ》ひげの財宝《ざいほう》は、また伝説《でんせつ》に戻《もど》ったということだね」

真実《しんじつ》はそう言《い》いながら、空港《くうこう》の壁《かべ》にかけられている時計《とけい》を見《み》た。

「そろそろ時間《じかん》だね」

「なんだかお別《わか》れするのはさびしいでござる」

サラの目《め》に涙《なみだ》が浮《う》かんでいた。

「サラ……」

美希《みき》も涙《なみだ》ぐむ。しかしすぐに手《て》で涙《なみだ》をぬぐうと、笑顔《えがお》になった。

「サラ、今度《こんど》はわたしたちの町《まち》に遊《あそ》びにきてよ」

「えっ、いいでござるか？」

「もちろん。だってわたしたち大親友《だいしんゆう》でしょ！」

「美希《みき》〜！」

サラは美希《みき》に抱《だ》きついた。

「そうだ。サラ、日本《にほん》にも『キャプテン・キッドの財宝《ざいほう》』が隠《かく》されているって伝説《でんせつ》があるよ」

「キャプテン・キッドって、黒《くろ》ひげと同《おな》じぐらい有名《ゆうめい》な海賊《かいぞく》でござるよね」

「一緒《いっしょ》に探《さが》してみようよ」

「そうでござるね。だけど、財宝《ざいほう》を見《み》つけたくて探《さが》すんじゃないでござるよ。ワタシは美希《みき》たちと冒険《ぼうけん》をしたいから財宝《ざいほう》を探《さが》したいんでござる！」

「サラ。そうだね。そうしよう！」

サラの言葉《ことば》に、美希《みき》たちはほほえむ。

サラは、ハマッセンのほうを見《み》た。

「ワタシ、ママの言《い》うことをずっとうっとうしいって思《おも》っていたけど、今《いま》はその気持《きも》ちがよくわかるでござるよ。海賊《かいぞく》にはもう憧《あこが》れない。だけど、これからも海《うみ》で大冒険《だいぼうけん》したい。ママも海《うみ》が大好《だいす》きだったから」

それを聞《き》き、ハマッセンがニコニコしながらうなずく。

サラは美希《みき》たちのほうを見《み》た。

「美希《みき》、真実殿《しんじつどの》、健太殿《けんたどの》、また一緒《いっしょ》に冒険《ぼうけん》しようでござる！」

サラと美希《みき》は固《かた》い握手《あくしゅ》をかわす。

真実《しんじつ》たちは、それを笑顔《えがお》で見《み》つめるのだった。

See you in the next mystery!

その後《ご》の科学探偵《かがくたんてい》「瓜二つ《うりふた》の2人《ふたり》」

ハマセンとハマッセン 似《に》ているポイント
①胃袋《いぶくろ》が大《おお》きい
ガツガツ
モグモグ
②声《こえ》が大《おお》きい
カラオケ
③泣《な》き声《ごえ》も大《おお》きい
うお〜〜〜
うおおおお
しばしの別《わか》れでござる……。
日本《にほん》にも遊《あそ》びに来《く》るでござる……。
話《はな》し方《かた》もうつってる。
キュウリ二つ《ふた》でござるな。
それを言《い》うなら、瓜二つ《うりふた》ね！

著者紹介

佐東みどり

脚本家・作家。アニメ「サザエさん」「ハローキティとあそぼう！まなぼう！」などを担当。小説に「恐怖コレクター」シリーズ、「謎新聞ミライタイムズ」シリーズなどがある。

（執筆：プロローグ、4章、エピローグ）

石川北二

監督・脚本家。脚本家として、映画「かずら」（共同脚本）、映画「燐寸少女 マッチショウジョ」などを担当。監督としての代表作に、映画「ラブ★コン」などがある。

（執筆：1章）

木滝りま

脚本家・作家。脚本家として、ドラマ「正直不動産2」、「カナカナ」など。小説に「セカイの千怪奇」シリーズ、『大バトル！きょうりゅうキッズ　きょうふの大王をたおせ！』などがある。

（執筆：2章）

田中智章

監督・脚本家・作家。脚本家として、アニメ「ドラえもん」、映画「シャニダールの花」などを担当。監督として、映画「花になる」などがある。「全員ウソつき」「天空ノ幻獣園」シリーズ執筆。

（執筆：3章）

挿画

kotona

イラストレーター。児童書や書籍の挿絵のほか、キャラクターデザインなどで活躍中。HP：marble-d.com

（マーブルデザインラボ）

ブックデザイン
アートディレクション

辻中浩一
＋
村松亨修（ウフ）

科学探偵《かがくたんてい》
謎野真実《なぞのしんじつ》シリーズ

科学《かがく》探偵《たんてい》VS.《ブイエス》
予《よ》言《げん》の書《しょ》（仮《かり》）

ある日《ひ》、ひとりの少女《しょうじょ》のもとに届《とど》いた「予言《よげん》の書《しょ》」。
その後《ご》、相次《あいつ》ぐ〝不可思議事件《ふかしぎじけん》〟と、
世界《せかい》が終《お》わるという終末《しゅうまつ》のうわさ——。
謎野真実《なぞのしんじつ》は「予言《よげん》の書《しょ》」の謎《なぞ》を解《と》き明《あ》かし、
行方《ゆくえ》をくらませてしまった少女《しょうじょ》を
見《み》つけ出《だ》すことができるのか⁉

2024年《ねん》
秋《あき》
発売予定《はつばいよてい》！

おたより、
イラスト、
大募集中《だいぼしゅうちゅう》！

公式《こうしき》サイトも見《み》てね！

朝日新聞出版 検索

監修　金子丈夫（筑波大学附属中学校元副校長）
取材協力　村上正隆（1章、横浜国立大学客員教授）、INPEX（4章）、東京大学サイエンスコミュニケーションサークル CAST
編集デスク　野村美絵
編集　金城珠代、河西久実
校閲　宅美公美子、野口高峰（朝日新聞総合サービス）
本文図版　倉本るみ、古田かれん（P129）
コラム図版　笠原ひろひと
写真　iStock　The Jefferson R. Burdick Collection, Gift of Jefferson R. Burdick（P51）、Orosz István（P124）、MH21-S 研究開発コンソーシアム（P238）
キャラクター原案　木々
ブックデザイン / アートディレクション　辻中浩一 + 村松亨修（ウフ）

おもな参考文献、ウェブサイト
『新編　新しい理科』3～6（東京書籍）／『週刊かがくる　改訂版』1～50号（朝日新聞出版）／『週刊かがくるプラス　改訂版』1～50号（朝日新聞出版）／『未来へひろがるサイエンス1』（新興出版社啓林館）／『海賊の歴史』（創元社）／『世界の海賊』（日経ナショナル ジオグラフィック）

科学探偵《かがくたんてい》 謎野真実《なぞのしんじつ》シリーズ

科学探偵《かがくたんてい》 vs.《ブイエス》 幽霊船《ゆうれいせん》の海賊《かいぞく》

2024年 7月30日　第1刷発行

著　者　作：佐東みどり　石川北二　木滝りま　田中智章　　絵：kotona
発行者　片桐圭子
発行所　朝日新聞出版
〒104-8011
東京都中央区築地 5-3-2
編集　生活・文化編集部
電話　03-5541-8833（編集）
03-5540-7793（販売）

印刷所・製本所　大日本印刷株式会社
ISBN978-4-02-332339-1
定価はカバーに表示してあります

アナモルフォーシスを描《か》いてみよう！

扇《おうぎ》形《がた》の方《ほう》眼《がん》紙《し》

次《つぎ》のページの方眼紙《ほうがんし》とあわせて、
コピーして使《つか》ってね。
詳《くわ》しい描《か》き方《かた》はP125にあるよ。

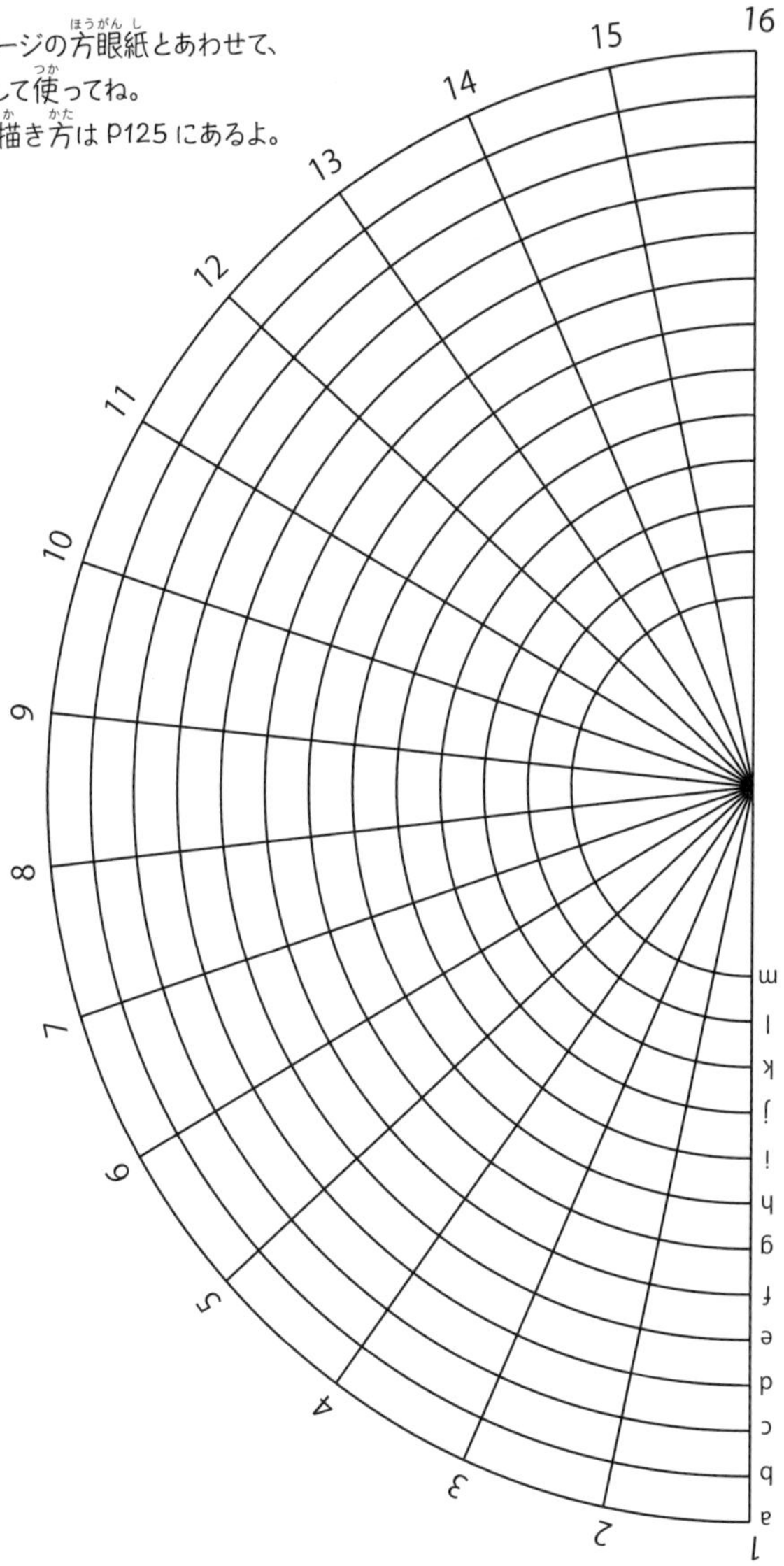

アナモルフォーシスを描《か》いてみよう！

方《ほう》眼《がん》紙《し》

前《まえ》のページの扇形《おうぎがた》の方眼紙《ほうがんし》とあわせて、コピーして使《つか》ってね。詳《くわ》しい描《か》き方《かた》はP125にあるよ。

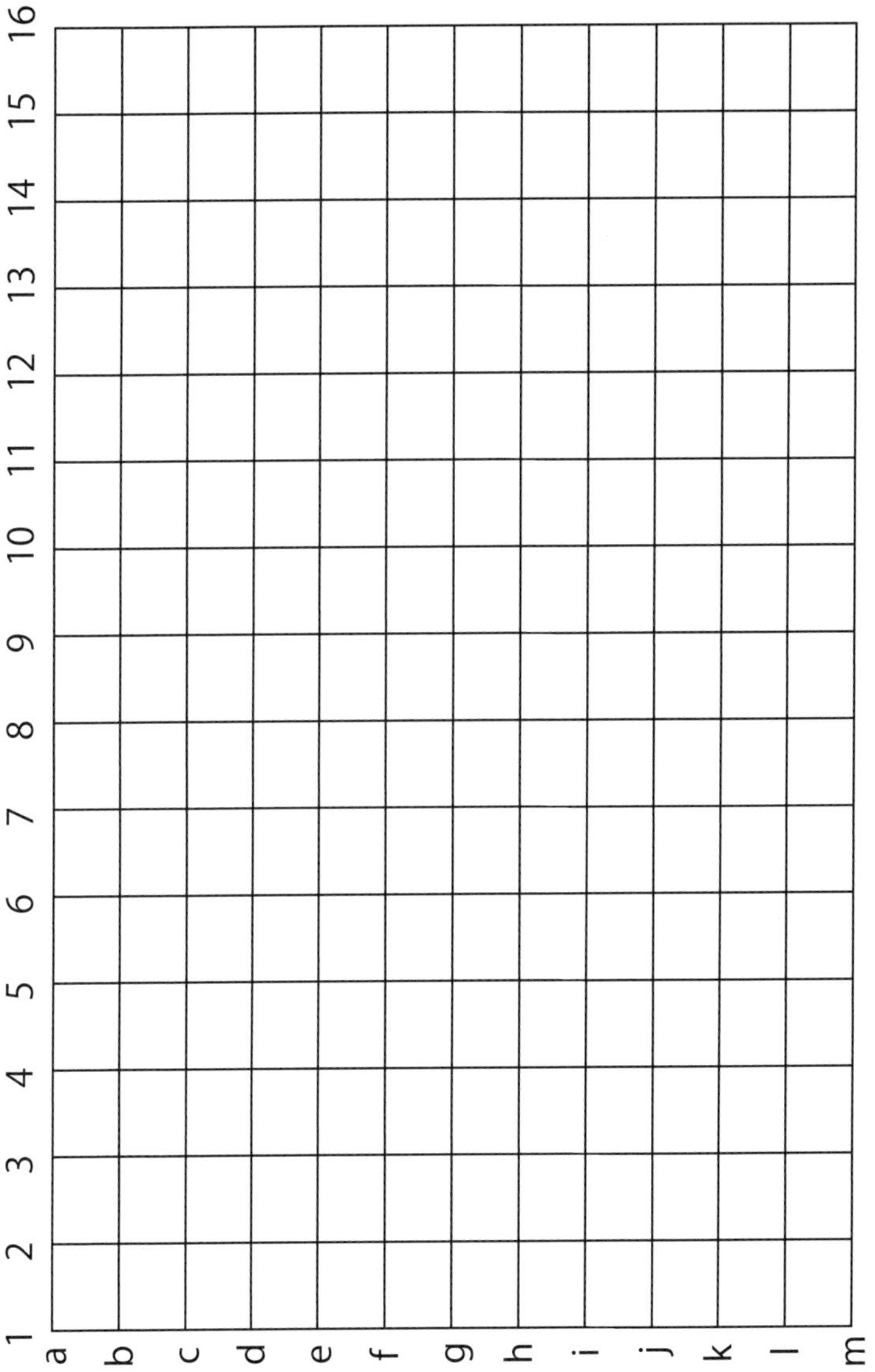